義母の白いふともも

牧村 僚
Ryo Makimura

三交社 文庫

目次

※この作品は艶情文庫のために書き下ろされたものです。

プロローグ

午前零時をすぎたころ、階段に足音が聞こえた。いつもどおりだ。勉強している俺のために、義母の文佳《ふみか》がコーヒーをいれて持ってきてくれたのだろう。

やがてドアが開き、白いナイティー姿のママが入ってきた。トレーに俺のマグが載っている。

「お疲れ様、祐《ゆう》ちゃん。コーヒーよ」

「ありがとう、ママ」

俺はマグを受け取った。コロンビアのいい香りが漂ってくる。

「今夜はまだ頑張るの？」

「うん、あと少し。もうじき試験だからね」

「そう。ママはそろそろ寝るわ。無理しないでね」

にっこり笑って、トレーだけを持ったママがドアの向こうに消えた。

俺はマグに手を伸ばすのではなく、右手を股間《こかん》にあてがった。イチモツはすでに完全勃起《ぼっき》して、スエットパンツの前を盛りあがらせている。

「ああ、ママ」

思わず声をもらした。小学校五年のとき以来だから、もう六年になるのだが、俺は義母の文佳、ママを一人の女として見ている。ほかの女など、まったく目に入ってこないのだ。

俺の実母は出産に苦労し、俺を産むのと同時に他界した。弁護士をしていた父の狭間隆平《はざまりゅうへい》はその一年後、アルバイトで事務所に出入りしていた文佳と再婚した。文佳は大学三年で、まだ二十一歳だった。俺は高校二年、十七歳になったが、ママは三十七歳だ。同級生の母親たちと比べると断然若い。

仕事人間だった父は頑張りすぎたのか、急性心不全で四年前に亡くなってしまった。四十四歳だった。家はあったし、保険金もたっぷり残してくれたようだったが、ママは父がいた法律事務所でパラリーガルとして働きだした。実の子でもないというのに、女一人で俺を育ててくれているのだ。

それにしても、どうしてママはあんなにすてきなんだろう……。

そう思わずにはいられなかった。背はそれほど高いほうではない。もう俺のほうが十五センチほど大きくなっている。だが、とにかくママはスタイルがいい。

特に目を引くのがウエストのくびれだ。ヒップのボリュームをいちだんと際立たせている。

ブラジャーがDカップであることは知っている。それなりに大きな乳房にも魅力を感じるものの、俺が最もそそられているのは、ママの白いふとももだ。居間のソファーに向かい合って座ったときなどに、むっちりしたふとももがちらっと見えたりすると、それだけで俺は股間を熱くしてしまう。

性に目覚めたときのことも、よく覚えている。小五の夏だった。前の日にママと一緒にプールへ行き、そこで見たシーンが印象に残っていたせいなのか、俺はママの水着姿、特に量感たっぷりの白いふとももの夢を見ながら夢精したのだ。

それ以来、俺はママを一人の女として意識するようになった。父が死んだとき、これで俺がママと結婚できるのではないか、と本気で思った。調べた結果、それは許されないとわかって、ひどくがっかりした覚えがある。

六年生になったころから始めたオナニーの際にも、思い浮かべるのはママのことばかりだった。セックスがどんなものなのかまったく理解していないのだから、基本的にママの体を想像するしかない。白いふとももの映像が頭の中いっぱいに広がり、射精の瞬間の脳裏には、ママの笑顔が広がっていることが多い。

俺はようやく股間から手を放し、ママがいれてくれたコーヒーを飲んだ。おいしかった。街のコーヒー屋で出してくれるものよりも、絶対においしい。いろいろ試したうえで俺の好みも考えてくれて、このごろはだいたいコロンビアかエチオピアだ。

十五分ほどの時間をかけて、俺はコーヒーを飲み終えた。立ちあがってドアを開け、階段をおりていく。階下はしんと静まり返っていた。ママは寝付きがいいそうだから、きっともう寝てしまったのだろう。

俺は浴室の手前にある洗面所に入った。そこに置かれた洗濯機の蓋《ふた》を開けると、目的のものがすぐ目に入ってきた。入浴前まで、ママがはいていたパンティーだ。

俺はそれをそっとつまみあげた。ベージュの薄布で、前面にレースがあしらわれていた。裏返し、ママの秘部が当たっていた部分に、迷わず顔を押しつける。

「ああ、ママ」

声がもれてしまうのは、仕方のないところだった。それでも、ママを起こしてしまうようなことがないように、自然に声量には注意している。

鼻から息を吸い込むと、魅惑的なママの匂《にお》いが肺を満たした。股間にはさらに血液が送り込まれ、ペニスはこれ以上は無理というくらいに硬くなる。

駄目だ、もう我慢できない……。

普段はパンティーを部屋に持ち帰り、その匂いを嗅《か》ぎながらゆっくり肉棒をこするのだが、ときどきこんなふうに切迫するときがある。俺は左手で薄布を顔に押し当てたまま、右手でスエットパンツとトランクスを膝《ひざ》までおろした。いきり立った肉棒をしっかりと握る。

俺の頭の中には、ママのさまざまな映像が流れていた。

白いふとももをすっかりさらした水着姿。玄関で靴を脱ぐ際に、スカートの下からのぞいたふともも。そして、ソファーでママが脚を組み、大胆にふとももを露出させてくれたあの姿……。

「ママ、好きだよ。ああ、ママ」

猛然とペニスをこすりたて、俺は間もなく限界を迎えた。顔にあてがっていたパンティーをおろし、その薄布に向かって熱い欲望のエキスを噴射させる。

七、八回脈動して、ようやく肉棒はおとなしくなった。ママのパンティーは、大量の白濁液をしっかり受け止めてくれた。性的には完璧《かんぺき》に満たされた瞬間だった。とはいえ、ゆっくりはしていられない。こんなところをママに見られたら大変なことになる。

洗面所に置かれていたティッシュを何枚か取り、俺はパンティーを拭《ぬぐ》った。心を残しながらも薄布を洗濯機に戻し、階段をのぼって自分の部屋に帰る。

ああ、またやっちゃった。いくら思ったって、絶対にママとセックスなんかできるわけがないのに……。

いったんは自己嫌悪に陥るのが常だったが、明日の晩にはまたママへの思いがつのってきて、ペニスを握るだろうということが、俺にはよくわかっていた。

第一章　隣家の人妻　祥子《しょうこ》四十三歳

1

学校帰りの夕方、家に通じる路地に入ったところで、隣家の人妻、照井《てるい》祥子と出くわした。祥子は箒《ほうき》を手に持っていた。ここはうちと照井家の二軒しか使っていない私道のため、ママと祥子が交代で掃除をしているのだ。

「あら、祐平《ゆうへい》くん。いまお帰り？」

「え、ええ。ただいま」

「文佳さん、いないんでしょう？」

「はい、きょうも仕事なんで」

ママは法律事務所に勤めていて、平日の帰りはだいたい七時すぎになる。それから支度をしてくれて、八時ごろ夕食というのがいつものパターンだ。

「うちでお茶でも飲んでいきなさいよ」

「は？　いや、でも……」

「いいじゃないの。岳人《たけひと》がいなくなってから、ぜんぜん遊びに来てくれなくなっちゃって、おばさん、寂しかったのよ。さあ、入って」

「はあ」

岳人というのは祥子の一人息子で、この春、大学に入って家を出ていった。俺より二つ上ということになるが、幼いころからキャッチボールの相手などをしてよく遊んでくれた。そういえばもう半年以上、俺はこの家には足を踏み入れていない。

促されるままに、俺は照井家にあがった。勝手は知っているので、リビングに入ってソファーに腰をおろす。

カウンターになったキッチンで、祥子がお湯を沸かし始めた。きょうの祥子はワンピース姿なのだが、袖なしで肩から下が剝《む》き出しだった。その白い肌に、なんとなく目を吸い寄せられる。

オナニーの際、思い浮かべるのはほとんどママなのだが、実は祥子も数少ないズリネタの一人にさせてもらっている。年に何度かという程度だが、彼女の体を思い浮かべてペニスを握ることもあるのだ。

「祐平くん、高二よね」

「はい」

「そろそろ志望校とか、決めたの？」

「ああ、それはまだです。岳ちゃんみたいに国立に入れればいいなって、思ってはいるんですけど」

岳人は現役で金沢大学に合格した。いまは学校近くのアパートを借りて暮らしているらしい。

間もなくお茶の用意ができて、祥子がこちらへやってきた。茶碗と一緒に、いつの間に用意したのか、カステラも俺のほうへ差し出してくる。

「残り物だけど、よかったら食べて」

「ありがとうございます。いただきます」

俺は茶碗を手に取り、ひと口飲んだところで、ぎくりとした。同じように茶碗を手にした祥子が、すっと脚を組んだのだ。ワンピースの前にスリットが切られていて、脚がかなり上のほうまで露出してきている。白いふとももが悩ましい。

「国立か。親は確かに大助かりよ。でも、けっこう寂しいわよ。東大へでも行ってくれればよかったんだけど、金沢じゃね」

金沢は確かに遠い。東京郊外であるこの家からだと、三時間近くはかかるだろう。交通費も馬鹿にならないし、なかなか帰ってもこられないはずだ。

「私は私立でもいいって言ったのよ。一応、早稲田《わせだ》にも受かってたんだから」

「岳ちゃん、優秀でしたもんね」

普通に話しながらも、俺はちらちらと祥子の下半身に目をやらざるを得なかった。ママほどの魅力は感じないとはいえ、祥子はふとももを大胆に露出させているのだから。

「文佳さんだって、祐平くんに地方なんかへ行ってほしくないんじゃない?」

「さあ、どうでしょうか」

本人がどう思っているかはともかくとして、俺自身、ママのそばを離れるのはいやだった。一応、都内の国公立に進むつもりで勉強している。

俺はフォークを手に取り、カステラを食べた。おいしかったが、味はどうでもよかった。いまはとにかく祥子のふとももが見えていることが重要なのだ。

祥子がハッとしたような表情になった。

「そうか。文佳さんっていうより、祐平くんのほうが離れたくないわよね、お義母《かあ》さんから」

「は?　はあ、それは、まあ……」

「ふふっ、いいのよ、恥ずかしがらなくたって。あなたの気持ちはわかってるんだから」

「俺の、気持ち？」

祥子は、これまでに見たこともないような妖艶《ようえん》な表情をした。なんと言ったらいいのだろうか、この顔を見ているだけでも勃起してしまいそうだ。

「私、見ちゃったのよね。回覧板を持っていったときに」

「回覧板？」

一軒家の集まった場所で、古くからの住人も多いから、町内にはいまだに回覧板などというものがある。隣家とうちは地続きだから、祥子とママは玄関を通らずに、直接、庭からお互いの居間のほうへ往き来したりしている。

「おばさん、あの、見たって、何を？」

「すてきだったわよ、祐平くん。すっかりオチ×チンを出しちゃって」

「そ、そんな……」

「私、思わず見とれちゃったわよ。ああ、もうあんなに大きいんだわって」

どうやら俺は祥子にオナニーシーンを見られてしまったらしい。恥ずかしいことは恥ずかしいのだが、同時に興奮も覚えた。勃起しかけていたペニスが、一気に硬度を増してくる。

「左手に持ってたの、文佳さんのパンティーよね」

「えっ？　いや、そ、それは……」

「そんな困った顔しないでちょうだい。いいって言ってるでしょう？　あなたの気持ち、おばさんにはもうちゃんとわかってるんだから」

先ほどと同じことを言われて、俺は覚悟した。単にオナニーを見られただけではなく、俺がママの体を想像してペニスを握っていることまで、どうやら祥子には知られてしまったらしいのだ。

「おばさん、このこと、できればうちのママには……」

俺がおそるおそる言うと、祥子は首を横に振り、にっこりとほほえんだ。

「言わないわよ、もちろん。文佳さんはあれだけ若くてすてきなんだし、あなたの気持ちはよくわかるわ。しかも一人で暮らしてるんだから、ときにはセクシーな格好とかを見ちゃうことだってあるわけでしょう？」

「え、ええ、まあ……」

それほど頻度は高くないが、居間のソファーで向かい合ったときなど、白いふとももをたっぷり眺めさせてくれることがあるし、ときにはパンチラまで拝めるケースもある。そのたびに俺は大興奮しているのだ。

「あなたが欲望を持ってること、いずれは打ち明けたほうがいいとは思うけど、それにはタイミングが大事だものね」

「タイミング？」

「そうよ。私の予想では、もうたぶんあなたの気持ちに気づいてはいると思うのよね、文佳さんも」

「ママが俺の気持ちに？」

「そりゃあそうよ。だって、いつも文佳さんを熱い目で見つめてるわけでしょう？　気づかないほうがおかしいわ」

言われてみれば、そのとおりのような気もした。性に目覚めたころから、俺はもうママを義母としては見ていない。ずっと一人の女として意識してきたのだ。

祥子は一つ、大きなため息をついた。

「実はね、うちもおんなじなのよ」

「おんなじ？　それじゃ、岳人さんも、おばさんのことを……」

うなずいた祥子の顔が、いくらか紅潮したように見えた。考えてみれば、俺がオナニーの対象にするくらい、祥子はセクシーな女性なのだ。二つ年上の岳人が刺激されたとしても、なんの不思議もない。

「高三にあがる直前だったわ。岳人が打ち明けてきたのは」

「打ち明けた？　岳人さん、おばさんに告白したんですか」

祥子はふたたび首肯した。頬《ほお》がいちだんと赤みを増している。

「受験生になるわけだし、不安だったんでしょうね。お母さん、俺、どうすればいいかな、って相談してきたのよ。勉強していても、すぐにお母さんの体が目に浮かんできてしまう、って」

岳人の気持ちはよくわかった。俺もまったく同じだからだ。勉強していたって食事をしていたって、いつも頭のどこかにはママの顔がある。学校にいる間だって、ママの体が脳裏に浮かんできて、ペニスを勃起させてしまうことがしょっちゅうなのだ。

「いいタイミングだな、って思ったわ。私だって、岳人の視線が気にならないわけじゃなかったしね。それにあの子、よく私の下着を持ち出してたのよ。あなたと同じようにね」

これも理解できる行為だった。体にさわれないのなら、せめてママの体を包んでいた下着に触れたい。そんな思いで、俺はママのパンティーをいたずらするようになったのだ。

「よーく話し合ったわ、岳人と。受験勉強が大変になるのに、性欲に悩まされたりしたら大変だものね」

俺は岳人がうらやましくなった。俺にはママに思いを告白する勇気などないし、たとえ気持ちを打ち明けることができたとしても、ママが祥子と同じように相談に乗ってくれるとは思えない。

遠くを見るような目をして、祥子は話を続ける。

「その日のうちに、とにかくあの子に抱かれたわ」

「ああ、おばさん」

俺のペニスは、もうこれ以上は無理というくらいに硬くなっていた。ズボンの前が、ぱんぱんに突っ張っている。

「それから約束したの。毎日セックスってわけにはいかないけど、とにかく一日に一度、私が出してあげるって」

「出すって、つまり、おばさんが手を使ってってことですか」

「手と、あとはお口ね」

「く、口ですか」

フェラチオという行為を、俺だってもちろん知らなかったわけではない。ママの肉厚の唇にペニスを包まれる光景を、これまでどれほど想像したかわからない。

「セックスももちろん気持ちよかったみたいだけど、岳人、私がお口でしてあげるのが大好きだったの。受験を迎える直前のころはほとんど毎日、お口に白いのを出してたわ。セックスをちゃんとした日でもね」

「だ、出しちゃうんですか、おばさんの口の中に」

「そうよ。初めてのときなんか、ほんの数秒で暴発しちゃったわ。お母さん、ごめん、って岳人は謝ってたけど、私は感激だった。全部、飲んであげたわ。あの子が出した白いのを」

「おばさん、す、すごい……」

俺は思わず両手を股間にあてがった。ママの口に精液を放つシーンを、どうしても想像してしまった。話を聞いているだけなのに、もうペニスは爆発寸前という状態になっている。

「でも、ほんとによかったと思ってるのよ、私。岳人はほかの女の子と付き合うこともなく、ひたすら勉強して受験に成功したんだから」

「確かによかったですね。うらやましいな、岳ちゃんが」

「あら、あなただってきっと大丈夫よ。タイミングよく文佳さんに打ち明ければ、きっと同じようにしてくれるわ」

「そ、そうでしょうか」

自信はなかった。だいいち、いくらママにあこがれているといっても、俺にはまだ思いを打ち明ける勇気などまったくないのだ。祥子のように受け入れてくれればいいが、義理とはいえ母親の私をそんなふうに見るなんて、とママは怒りだしそうな気もする。大好きなママに、嫌われたくはない。

「文佳さんだって、受験がどれだけ大切なものかはわかってるはずよ。あなたの一生に関《かか》わることだもの」

「まあ、そうでしょうけど……」

「自分の体を提供することで、祐平くんが落ち着いて勉強できるんだってわかれば、してくれないわけがないわよ」

「いや、でも……」

俺は不安だった。父が死んでも、ママはそれまでと変わらずに俺の面倒を見てくれている。だが、祥子たち母子と違って、俺たちはあくまで義理の関係なのだ。いくらいまはやさしくても、ママが俺を置いて家を出ていく可能性だって、考えられないわけではない。

　俺がその話をすると、祥子は首を大きく左右に振った。

「文佳さんが、もしあなたを捨てようなんて気が少しでもあったら、もうとっくに出ていってるわよ。きっと大切に思ってくれてるんだと思うわ。実の子みたいにね」

「そ、そうでしょうか」

「間違いないわ。だから自信を持って。ねっ？」

　祥子にそう言ってもらえると、俺も少し気が楽になった。クラスメートを含め、同い年程度の女の子と付き合いたいなどという気持ちは、俺にはまったくないのだ。オナニーの際に、たまに祥子の体を思い浮かべることがあるとはいっても、俺にはママがほとんどすべてと言ってもいい。

2

「ところで……」

　お茶を飲み終え、カステラも食べ終えた俺に、祥子はにっこりほほえみかけてきた。最初に感じたのと同じ、妖艶な雰囲気のある笑みだ。

「いずれ文佳さんに告白するとしても、祐平くん、いまはとにかく溜《た》まっちゃってるんじゃないの？」

「は？　そ、それは……」

「ぜんぜん恥ずかしがる必要はないのよ。あなたぐらいの男の子なら当たり前。うちの岳人だって、私とそうなる前も毎日、自分でしてたはずだもの。毎朝、洗濯機に戻してあるのよ。精液の匂いがたっぷりついた私のパンティーを」

「ああ、おばさん。そんな話を聞いたら、俺、もう……」

「文佳さんじゃなくて残念だろうけど、出すだけなら私がしてあげるわよ」

「おばさんが？」

驚いたわけではない。こういう展開にならないかと、実は期待していたのだ。とはいえ、実際に祥子に何かしてもらえるのだと考えると、俺は一気に緊張してきた。なにしろまったく経験がないのだから。

「祐平くん、初めてなのね？」

「は、はい」

「心配いらないわ。だれにだって最初のときはあるんだから」

祥子は組んでいた脚をほどき、すっと立ちあがった。

「あなたも立って」

祥子に促されて立ちあがり、俺はソファーの横に出た。

躊躇《ちゅうちょ》する様子もなく、祥子は俺の足もとにしゃがみ込んだ。さっさとベルトをゆるめ、制服のズボンとトランクスを、あっという間に足首まで引きおろしてしまう。

「まあ、すごい。祐平くんったら、もうこんなに」

俺のペニスは、完璧なまでにそそり立っていた。普段は少し皮をかぶっているのだが、いまは亀頭がすっかり剝き出しになって、ほとんど下腹部に貼《は》りついている。

祥子は右手で、いきり立った肉棒をそっと握った。

「ううっ、ああ、お、おばさん」

「感じる？」

うなずく俺を見て、祥子は満足そうに笑う。

「やっぱり敏感よね、童貞くんは。ああ、思い出しちゃうわ。初めて岳人のあれにさわったときのこと」

俺は早くも限界に近づいていた。ママにペニスを握ってもらうところを、どうしても想像してしまう。

そんな俺にかまわず、祥子はさらに大胆な行動に出た。握ったペニスの先端を自分のほうへ向けると、すっぽりと口に含んだのだ。

それは快感などという生やさしいものではなかった。頭の中が真っ白になり、全身がぶるぶると震え始める。

「だ、駄目だ、おばさん。俺、俺、ああっ」

次の瞬間には、肉棒が脈動を始めていた。ペニスが震えるごとに、熱い欲望のエキスが祥子に口に向かって噴出していく。

肉棒をくわえ込んだまま、祥子はじっとそれを受け止めてくれた。数えたわけではないが、脈動は十回以上も続いたような気がした。

ようやくペニスがおとなしくなると、祥子はゆっくりとそこから口を離した。

俺が放出した精液をごくりと飲み込む。

「ああ、おいしかった」

先ほど聞いた祥子と岳人の話から、期待していなかったと言えば嘘《うそ》になるのだが、白濁液を口に放つというのは、やはりとんでもないことに思えた。

「す、すみません、おばさん。俺、ぜんぜん我慢できなくて」

「ああん、いいのよ。我慢なんかすることないわ。それだけ感じてくれたんでしょう？　おばさんも感激よ」

にっこりほほえんだあと、祥子は俺の股間に目を落とした。

「あら、びっくり。あんなにいっぱい出したのに、祐平くんのこれ、まだ大きいまんまだわ」

珍しいことではなかった。ママのパンティーの匂いを嗅ぎながらオナニーをしたあとなど、まったく欲望がおさまることなく、すぐに二度目に突入したことが何度もある。

「どうする？　本番は次にしようかと思ってたんだけど」

「本番？」

「ふふっ、本物のセックスのことよ。これならすぐにできそうね」

「ぜ、ぜひやらせてください」

まったく意識もしないまま、俺は頼み込んでいた。ここまで来たら、一刻も早く初体験がしたいという気持ちになっている。

「いいわ。じゃあ、服を全部、脱いじゃってちょうだい」

「えっ？　ここでですか」

「そうよ。私も脱ぐから。あっ、祐平くん、背中をお願い」

立ちあがった祥子は、俺に背を向けた。

彼女の意図を察した俺は、ジッパーを引きおろした。白い背中を横切る、ベージュのブラジャーのラインがあらわになる。

祥子がワンピースを脱いでいるのを見ながら、俺は足首からズボンとトランクスをはずして靴下を脱ぎ、上に着ていたものも脱ぎ捨てた。これですっかり裸だ。

パンティーとブラジャーだけになった祥子の姿は、俺にはあまりにも刺激的だった。股間にはさらに血液が集まり、ペニスは痛みを感じるほど勃起する。

「おばさん、す、すごい」

「気に入ってくれた？」

「はい、もちろん」

見ているうちに、俺の中で願望が湧《わ》いた。普段、オナニーの際、俺はママの脚、特にふとももに抱きついているところを想像することが多い。相手が祥子とはいえ、俺は同じことがしてみたくなったのだ。

「おばさん、さ、さわってもいいですか？　おばさんの脚に」

「私の脚？」

「はい。おばさんの脚、とってもすてきだから……」

「ふふっ、もちろんいいわよ。さあ、どうぞ」

俺は崩れるように、床にしゃがみ込んだ。迷わず両手で祥子のふとももを抱きしめる。手のひらから伝わってくる感触は、この世のものとは思えないほど心地よかった。

「どう？　気持ちいい？」

「はい、最高です。ああ、おばさん」

両手のひらをいっぱいに開いて、俺は祥子のふとももにさわりまくった。ペニスはもうこれ以上は無理というくらいに硬くなっている。

俺に下半身を委《ゆだ》ねたまま、祥子は背中に手をまわしてホックをはずし、ブラジャーを床に落とした。露出してきた乳房は、やや垂れ気味ではあるものの、十分すぎるほど魅力的だった。ママより少し大きいかもしれない。

「ああ、祐平くんがじょうずにさわってくれるものだから、おばさん、たまらなくなってきちゃったわ。岳人のお部屋へ行きましょう」

「岳ちゃんの部屋？」

ふとももにさわっていた手の動きを止めて、俺は祥子を見あげた。

「主人と寝ているベッドじゃ、あなただっていやでしょう？　さあ、来て」

祥子は俺に背中を向けて、さっさと階段をのぼり始めた。夫と寝ているベッドを使うのは、祥子のほうがいやなのだろうな、と俺は思った。何段か上をのぼっていく祥子の白いふとももを、俺はうっとりと見つめる。

脳裏に突然、ママの顔が浮かんできた。目の前にある祥子のふとももが、ずっとあこがれを抱いてきたママのふとももに重なる。

ママのふとももにも、あんなふうにさわってみたい。ああ、ママ……。

俺は思わず右手で自分のペニスを握った。これまでに経験したことがないほど硬くなっている気がした。それに、熱い。

3

やがて俺たちは岳人の部屋に入った。慣れ親しんだ場所だが、岳人が出ていってしまったせいか、すっかり片づいていた。シングルベッドには白いシーツが敷かれている。

祥子はさっさとベッドにあがり、あお向けになった。

「祐平くんも来て」

「は、はい」

言われたとおりベッドにあがったものの、すぐに抱きついていくわけにもいかず、俺はとまどっていた。そんな俺に向かってにっこり笑い、祥子は右手を自らの股間にあてがう。

「見て、祐平くん。私のここが濡《ぬ》れてるの、わかる？」

祥子がはいているベージュのパンティーの股布には、確かに楕円形《だえんけい》のシミが浮き出ていた。

「女はね、感じると濡れてくるのよ。感じる予感がすると、って言ってもいいかもしれないわね。祐平くんのオチ×チンに入ってきてほしい。そう思っただけで濡れたのよ、私」

「ああ、おばさん」

俺はまた一気にたまらない気分になった。

祥子は両手を腰にあてがい、お尻《しり》を浮かすようにしてするするとパンティーを引きおろした。濃いめのヘアと、これまで俺が見たこともなかった秘部が露出してくる。

「きょうは自分で脱いじゃったけど、今度はあなたに脱がせてもらうわね」

「今度？」

「あら、きょうで終わりにするつもりだったの？」

いたずらっぽい祥子の言葉に、俺はさらに欲情した。

「おばさん、またきょうみたいにしてくれるんですか」

「当たり前じゃないの。刺激しちゃったのは私だもの。ちゃんと責任は取らせてもらうわ」

祥子の言葉の一つ一つが、俺の性感を激しく揺さぶった。このまま喋《しゃべ》っているだけでも、あるいは射精してしまうかもしれない。

「私の脚の間に入ってくれる？　女のあそこ、見たことないでしょう？」

祥子が大きく広げた脚の間に、俺はうずくまった。右手をおろしてきた祥子が、人差し指と中指を使って秘部を広げてみせる。知識はあったが、もちろん見るのは初めてだった。

「わかる？　これからあなたのオチ×チン、ここに入ってくるのよ」

俺の頭の中に、またママの顔が浮かんだ。ママの性器もいつかは見てみたい。

そんな思いに包まれる。

祥子は中指の腹の部分を使って、淫裂を縦に撫《な》であげた。その指先が、秘唇の合わせ目で止まる。

「女にはね、感じるところがいくつかあるの。人それぞれだけど、ほとんどの女が感じるのがここ。クリトリスって、聞いたことない？」

「あ、あります」

「私はここが一番感じるの。指でいじられたり、舌で舐《な》められたりすると、それだけでいっちゃいそうになるわ。あっ、いくって感じ、わかるかしら」

「はい、なんとなく」

女性がいくというのは、男にとっての射精みたいなものだということは知っていた。

「岳ちゃんにさわってもらったんですね、おばさん」

「そうよ。あの子、丁寧にさわって、それから舐めてくれたの。もう感じちゃって、大変だったわ」

ママの秘部に舌を這《は》わせる自分の姿を、はっきりと脳裏に思い浮かべることができた。

ママは感じてくれるだろうか？　俺の舌で、絶対に感じさせてみたい。ああ、ママ……。

「祐平くん、ちょっとだけ、舐めてくれる？」

「いいんですか、そんなことまで」

「もちろんよ。いやじゃなかったら、して」

「いやなわけ、ないじゃないですか」

俺は祥子の秘部に向かって、顔を近づけていった。秘唇が濡れているのはよくわかった。あふれた蜜液《みつえき》の一部がお尻のほうへ垂れ落ちて、シーツに小さなシミを作っている。

「ここよ、祐平くん。ここを舐めて」

俺は突き出した舌を、祥子が指で示した部分にあてがった。とたんに、祥子はびくんと体を震わせる。

「ああ、そうよ、祐平くん。それでいいの」

舌の先に、俺は小さなとんがりを感じた。これがクリトリスというものに違いない。男のペニスと同じように、クリトリスもこんなふうに勃起して硬くなったりするのだろうか。

めていく。

俺は舌先に意識を集めた。祥子が痛みを感じないように、硬い突起をそっと舐
身を大きくくねらせて、祥子は悩ましい声を放った。

「じょうずよ、祐平くん。とってもじょうず」

まだ聞いたことはないが、ママのセクシーな声も想像することはできた。できれば俺が舌でママのクリトリスを愛撫《あいぶ》して、悩ましい声をあげさせてみたい。

「もっと強くて大丈夫よ、祐平くん」

祥子は両膝を立てていた。体勢を安定させるために、俺は両手を目の前にある祥子のふとももにあてがった。すべすべの肌と豊かな弾力。そのすばらしい手ざわりに、俺はいちだんと欲情する。

力をこめて、俺は舌先を回転させた。硬い肉芽をなぶりまわすような形になる。

「あっ、す、すごいわ、祐平くん。そのままよ。そのままやって」

祥子の指示どおり、俺は続けた。ぴちゃぴちゃ、くちゅくちゅという淫猥《いんわい》な音をたてながら、舌先で肉芽を愛撫する。

「すてきよ、祐平くん。ああ、どうしましょう。私、もう、もう……」

腰がベッドから浮きあがってきたかと思ったら、祥子は全身をびくん、びくん

と大きく震わせた。秘部にあった俺の頭を払いのけるようにする。

一瞬、何が起こったのかわからなかったが、すぐに理解した。どうやら祥子はいけたのだ。絶頂に到達したということらしい。

浮いていたお尻をベッドに戻したものの、祥子はしばらくの間、目を閉じて荒い息を吐き続けた。俺は上体を起こして、そんな祥子を見つめ続ける。

俺の頭の中には、やはりママの顔が浮かんでいた。一度も見たことはないのに、ママの悩ましい表情を思い浮かべることができるのは、どうしてなのだろう。女性が「いく」という姿を祥子が見せてくれたおかげで、自分の愛撫でママをいかせてみたいという願望が強くなっている。

数分が経過して、祥子がハッとしたように目を開けた。やや照れくさそうな笑みを浮かべる。

「ごめんね、祐平くん。おばさん、一人で勝手に気持ちよくなっちゃって」

「いえ、とんでもない。うれしかったです。おばさんが感じてくれて」

祥子は一つ、深いため息をついた。

「びっくりよ、祐平くん。あなた、才能があるんじゃないの?」

「才能?　なんの才能ですか」

かったわ」

「女を感じさせるための才能よ。いまのクンニなんて、とても初めてとは思えな

クンニという意味がわからなかったが、祥子が丁寧に説明してくれた。フェラチオという言葉は知っていたが、女性に対する口唇愛撫を表すクンニリングスという単語は、これまで知らなかったのだ。

まさか自分にそんな才能があるとは思えないが、祥子にそう言ってもらえるのはうれしかった。もしほんとうなら、いつかママもしっかり感じさせてみたい。

「お待たせしちゃったわね。さあ、いいわよ、祐平くん。来て」

「は、はい」

祥子の誘導に従って、俺は彼女が開いた脚の間で膝立ちになった。いよいよ本物のセックスができるのだという実感はあるものの、なにしろ初めてのことなのだ。どうしていいのかまったくわからない。

「あなたは普通に重なってくればいいのよ。あとはおばさんに任せておいて」

俺は両手を祥子の顔の横あたりについた。祥子が右手をおろしてきて、相変わらずいきり立ったままの俺のペニスを握る。

「ううっ、おばさん」

「すごいわ、祐平くん。さっきより、もっと硬くなってるみたい」

祥子は手をゆるゆると動かした。亀頭の先が祥子の体に触れ、俺の体がびくんと震える。

やがて祥子の手がぴたりと止まった。

「さあ、ここよ、祐平くん。そのまま入ってきて」

言われるままに、俺は腰を進めた。張りつめた亀頭が淫裂を割るのが、目に見えるようだった。そのままずぶずぶと、肉棒は祥子の体内に埋没する。

「うわっ、ああ、おばさん」

なんという心地よさだろう。オナニーの際に自分でこするのとは、まったく違う感覚だった。ぬるぬるとした肉襞《にくひだ》が、まるで俺のペニスに吸いついてくるかのようだ。

「入ったのよ、祐平くん。あなたのオチ×チン、いまおばさんのオマ×コに入ったの」

祥子の使った四文字言葉が、俺にはまた異様なほど刺激的なものに聞こえた。

オマ×コ、オマ×コ……。ああ、したい。ママとオマ×コしたい……。

ペニスを肉洞に突き入れただけで、まだまったく動いてもいないというのに、早くも射精感が押し寄せてきていた。

「我慢なんかしなくていいのよ。好きに動いて。もっと気持ちよくなって」

祥子の許しを得た俺は、ほとんど本能に従って腰を振り始めた。肉洞の中を往復するたびに、いやというほど肉襞にペニスを刺激された。ほんの五、六回腰を前後させただけで、俺は限界を迎える。

「おばさん、で、出ちゃう」

「いいのよ、祐平くん。出して。おばさんの中に、いっぱい出して」

俺のリズムに合わせて、祥子も下から腰を突きあげてきているようだった。肉棒がついに脈動を開始する。

「ああっ、おばさん」

びくん、びくんとペニスが震えるごとに、二度目の射精とは思えないほど大量の精液が、祥子の肉洞に向かってほとばしった。五回、六回と脈動を続け、やがてペニスはおとなしくなる。

肉棒を祥子の体内に収めたます、俺は彼女に体を預けた。とうとう初めてのセックスを経験したという感激はあったものの、相手がママでないことはやはり残念だった。頭の中には、まだママの悩ましい表情が浮かんでいる。

「どうだった？　気持ちよかった？」

唐突な祥子の問いかけに、俺はぎくりとした。

「は、はい。最高でした。ありがとうございました」

「あなたがよかったんなら、私もうれしいわ。これからも、たまらなくなったらいつでも来てちょうだい」

「いつでも？」

驚いて尋ねると、祥子は頬を紅潮させながら、妖艶にほほえんだ。小さくうなずく。

「岳人で経験してるから、受験生の大変さはよくわかってるつもりよ。性欲なんかに、お勉強の邪魔をされたくないでしょう？」

「はい、そりゃあ……」

「だから、いつでも来ていいのよ。平日だったら、毎日でもいいわ。学校の帰りに寄ってちょうだい。うちで一度出していけば、家に帰ってから落ち着いてお勉強できるでしょう？」

自分の幸運に、俺は感謝しなければいけないと思った。ママへの思いが遂げられないもどかしさはあるものの、今後、俺の欲望は、祥子が十分に満たしてくれそうなのだ。

「驚いたわね、祐平くん。あなたのオチ×チン、私の中でまだ硬いまんまみたいじゃないの」

「す、すみません」

「ああん、謝ることなんかないわ。とってもすてきなことよ。きょう、もう一回、していく?」

魅惑の誘いを、俺が断れるはずもなかった。家に帰る前にさらにもう一度、俺は欲望のエキスを祥子の体内に放ったのだ。

第二章　息子　岳人十九歳

1

午後四時をすぎたころ、家のチャイムが鳴った。玄関の扉を開けると、隣家の息子、狭間祐平が立っていた。頬をわずかに赤らめている。

「おばさん、きょうもいいですか」

「もちろんよ。さあ、入って」

約三週間前、私はこの子と関係を結んだ。義母の文佳にあこがれている祐平を誘い、その童貞を奪ったのだ。以来、平日はほとんど毎日、こうやって祐平は私を訪ねてくる。

リビングに導いたところで、私はさっそく祐平を抱きしめた。唇を求めると、祐平も自ら積極的にキスしてきた。これは二度目のときからやっていることだ。私は舌を突き出し、祐平の舌と濃厚にからめ合う。

唇を離すと、祐平はすっとその場にしゃがみ込んだ。これもいつもの行動で、彼はまず私の脚、特にふとともにさわりたがるのだ。

着ているワンピースの裾《すそ》を、私は腰のあたりまでまくりあげた。うっとりとした表情を浮かべて、祐平は両手で私のふとももを抱きしめる。

「おばさん……」

手のひらをいっぱいに広げて、祐平は私のふとももの裏側をさわりまくった。

「気持ちいい？」

「はい、最高です。おばさんの脚、前からすてきだと思ってました。こんなふうにさわれるだけでも、俺、超ラッキーです」

そんなことは嘘だと、私にももちろんわかっている。祐平は自分の義母である文佳の脚にあこがれているのだ。文佳は確か私より六つ年下だが、とにかく美しい女性でスタイルもいい。文佳のふとももものつもりで、彼は私の脚にさわっているに違いないのだ。

それでも、私は満足だった。こうやって私と会っている間だけは、少なくとも祐平は私に夢中なのだ。できれば実の息子である岳人にやってほしいところだが、あの子は金沢の大学に入ってしまい、ここにはいない。

誘うための手段ではあったが、実は私は祐平に嘘をついた。岳人が受験生になったとき、性欲に悩まされていることを相談され、息子に抱かれてやったと彼に話したのだ。

岳人が私のパンティーに射精し始めたのは中学生のころだったし、それはずっと続いた。あの子が私を女として意識していたことは間違いない。告白してきたら抱かれようと思っていたのは事実だが、私に打ち明けることもないまま、岳人は大学生になってしまった。

五分、いや十分近くもふとももを撫で続けてから、ようやく祐平は手を止めて立ちあがった。

「ありがとうございました、おばさん」

「祐平くん、ほんとに好きなのね、ふとももが」

「はい。すごく気持ちいいんで……」

「まず一回、出しておいたほうがいいんでしょう？」

「できれば……」

ここで一度射精させ、コーヒーを飲んで落ち着いたところで岳人の部屋にあがってセックス。私たちのパターンはもう決まっている。

祐平と入れ替わりに、私は床にひざまずいた。ベルトをゆるめ、ズボンとトランクスを一緒にして、足首までずりさげる。

「あらあら、いつもすごいわね。お腹にくっついちゃってるじゃないの」

祐平のペニスは完璧なまでに勃起し、ぱんぱんに張りつめた亀頭は下腹部にぴたっと貼りついていた。先走りの透明な粘液が、すでに先端からにじみ出ている。

私は右手で肉棒をしっかりと握り、亀頭を自分のほうへ向けた。そのまますっぽりと口に含む。

「ああ、おばさん」

感激の声をあげはするものの、最初のころと比べると、祐平もだいぶ落ち着いてきた。初めてのときはくわえ込んだとたんに暴発してしまったが、いまではある程度、我慢が利くようになっている。

私はゆっくりと首を振り始めた。そうしながら、空いた左手の指先で陰嚢《いんのう》を探った。中の睾丸《こうがん》をころがすように、やんわりと指をうごめかしてやる。

「す、すごいです、おばさん。こんなに気持ちいいなんて、信じられない。俺、なんだかもう……」

オードブルはこのぐらいでいいわね、と私は判断した。首の動きをやや速めると、ぐぐっと硬さを増したように思えたペニスが、大きな脈動を開始した。

「ああっ、おばさん」

私は動きを止め、ほとばしってくる精液をしっかりと受け止めた。十回近くも震え、肉棒はようやくおとなしくなった。

口から肉棒を解放し、私は口の中に残った精液をごくりと飲みくだした。いつもながら、その量の多さには驚かされる。

「またいっぱい出したのね」

「すみません。きのうの晩も我慢できなくなって、一回、出したんですけど」

うちで二回出しているから、きのうは全部で三回、祐平は射精したことになる。若さの成せる業だろう。

「全部、脱いでしまいなさい。いまコーヒーをいれるから。あっ、その前に、まずは私の背中をお願い」

祐平にジッパーをさげさせ、私は部屋着のワンピースを脱ぎ捨てた。きょうはブラジャーはせずに、ワインレッドのキャミソールとパンティーだけを身につけている。

私の全身に憧憬《どうけい》の視線を送りながら、祐平はすぐ裸になった。彼の熱い視線は、私を感じさせずにはおかない。体の奥から、蜜液があふれてくる気配がある。

祐平はソファーに座り、私はカウンターキッチンに立った。すでに挽《ひ》いておいた豆をセットし、お湯を沸かす。

「ゆうべも文佳さんのパンティーに出したの？」

私が尋ねると、祐平は照れくさそうにうなずいた。

「すみません。おばさんのことも想像するんですけど、最後はやっぱりママのことが気になって」

「ああん、謝ることないわ。当然よ。私だって、岳人がほかの女性のことを考えてオチ×チンを握るのなんて、絶対にいやだもの」

沸いたお湯でコーヒーをいれ、トレーに二つのカップを載せて、私もソファーに移った。カップを手に取ったものの、目はどうしても祐平の股間に吸い寄せられた。ついさっき、あれほど大量の白濁液を放ったというのに、ペニスは隆々とそそり立っている。

「すごいわね、祐平くん。ぜんぜん柔らかくなったりしないんだから」

「おばさんがすてきだからですよ。そんな格好見てたら、五回でも六回でもできちゃいますよ、きっと」

「まあ、またそんなこと言って」

　このあたりの言葉のやり取りは、ほとんど毎日繰り返しだった。それが、私は決していやではなかった。できれば息子の岳人と交わしたい会話だが、なかなか実現しそうもない。

「祐平くんは都立高校だから、共学よね」

「はい」

「クラスメートとかに、気に入った女の子はいないの？」

　私の問いかけに、祐平は少し難しい顔になった。

「うーん、いいなって思える子はいるんですけど、本気にはならないですね。抱きしめたいとかいう気持ちにならないし」

「ふうん、そうなんだ。文佳さんの影響、相当に大きそうね」

　祐平はうなずいた。

「しょうがないですよね。でも、岳ちゃんも同じだったんじゃないですか？」

「えっ？　うん、まあ、そうかもしれないわね」

「家に帰ってくれば、最高にセクシーで大好きなおばさんがいるんだから、同級生なんか好きになれっこありませんよ」

　うれしい言葉だった。子宮の奥が、ますます熱くうずいてくる。コーヒーはまだ半分ほどしか飲んでいないが、もう我慢できない状態と言ってもいい。

「そろそろ行く?」

「はい、おばさん」

祐平もまだ飲み終えてはいなかったが、即、ソファーから立ちあがった。むしろ私を急《せ》かすような態度を見せる。

私は席を立ち、ゆっくりと階段をあがった。後ろからついてくる祐平の視線がお尻からふとももに注がれるのが、なんとも言えない快感だった。何もしないまま金沢へ送り出してしまったが、岳人だって私に熱い視線を向けてくれていたのは事実なのだ。

もっと勇気を出せばよかったのかしら……。

後悔しても始まらない。いまはとにかく祐平と楽しめばいいのだ。もちろん、祐平とのセックスは、岳人に抱かれているつもりでしている。

岳人の部屋に入ると、私はすぐベッドにあがった。私に寄り添うように身を横たえた祐平は、まず唇を求めてきた。濃厚なキスを交わしつつ、祐平は右手を私のウエストにあてがった。パンティーを脱がしかかる。

唇を離した祐平は、お尻のほうから剝くようにして、するするとパンティーを引きおろした。最初は私の教えに従って、おずおずとやっていたのだが、いまはもう慣れたものだった。脱がせた薄布を眺める余裕までできている。

「すごいですね、おばさん。もうこんなに濡れてる」

「当たり前じゃないの。祐平くんに抱かれたくて、うずうずしてるんだから」

「たまりませんよ、おばさん」

私が膝を立て、大きく脚を広げると、祐平はその間で腹這いになった。ベッドに両肘《りょうひじ》をつき、左右の手のひらで私のふとももを支えるようにしながら、秘部に向かって顔を近づけてくる。

祐平は舌を突き出し、ぺろっと淫裂を舐めあげた。何度か縦の愛撫を繰り返したあと、祐平はとがらせた舌先を秘唇の合わせ目にあてがってきた。すでに硬化しているはずのクリトリスを、つんつんとつつくように刺激してくる。

「いいわ、祐平くん。とってもじょうず」

初めて祐平に口唇愛撫をさせたとき、不覚にも私は絶頂に到達してしまった。冗談ではなく、祐平にはセックスの才能があるのかもしれない。いまは舌先を回転させて肉芽をなぶりまわしているが、その動作はまるで流れるようだ。

ああ、岳人。あなたにもしてほしい。あなたにこうやって、お母さんのあそこを舐めてほしい……。

岳人が私の秘部に舌を這わせているシーンを想像すると、もう限界だった。私は両手をおろし、祐平の動きを止めさせる。

「そろそろいいわ。来て、祐平くん」

顔をあげた祐平が、やや不審そうな表情を浮かべる。

「もっと気持ちよくなってくださいよ、おばさん。俺はまだ我慢できるし」

祐平はこんな配慮までできるようになっている。一度、私をいかせるつもりだったのだろう。だが、いまは早く硬い肉棒が欲しかった。

「いいから来て。欲しいのよ、あなたの硬いオチ×チンが」

祐平はにっこり笑い、シーツに顔をこすりつけて口のまわりについた淫水を拭ってから、私の体を這いのぼってきた。

私は右手をおろし、これ以上は無理というくらいに硬くなった肉棒を握った。ゆるゆると手を動かして、亀頭の先を淫裂へと誘導していく。

見事なタイミングで、祐平が腰を進めてきた。張りつめた亀頭が淫裂を割り、続いて肉棒全体が私の中にもぐり込んでくる。

「ああ、おばさん」

祐平の声が、私の中ではもはや岳人の声に置き換わっていた。ああ、お母さん、
という岳人の声が、私の脳内にこだまする。
いいのよ、岳人。お母さんはもうあなたのもの。あなたの好きにしていいの。
ああ、岳人……。
祐平は私の左脚を、自分の右肩に担ぎあげた。右手でふとももに触れながら、
ピストン運動を開始する。やはり彼はふとももが好きなのだ。
祐平に自由な動きをさせたまま、私は右手を二人の下腹部の間に差し入れた。
中指の先で秘唇の合わせ目を探る。クリトリスはすでにすっかり硬化していた。
淫水をこすりつけるようにして、指の腹の部分で肉芽をこねまわす。
欲しいわ、岳人。お母さん、早くあなたが欲しい。ああ、岳人……。
私が指に力をこめると、祐平の腰の動きもさらに激しくなった。荒い呼吸音も
聞こえる。
「で、出そうだ、おばさん。俺、もう……」
「いいのよ、祐平くん。出して。私の中に、全部出して」
胸底ではもちろん岳人の名前を呼んでいた。うっとりとした岳人の表情も、脳
裏にくっきりと浮かんでいる。

「おばさん、で、出る」

祐平のペニスが脈動を開始するのとほぼ同時に、私の体にも痙攣《けいれん》が走った。岳人に抱かれている気分で、絶頂に達することができたのだ。

射精を終えた祐平は、私に体を預けてきた。まだ呼吸は乱れているが、それでも私の唇を求めてくる。

唇を合わせながら、頭の中にはやはり岳人がいた。あの子と濃厚なキスを交わしているシーンを想像する。

やっぱり祐平くんじゃ駄目だわ。ちゃんとあの子に抱かれないと……。

息子への熱い思いを再認識しながら、私は両手で祐平の背中をぎゅっと抱きしめた。

2

岳人が私のパンティーを持ち出して、そこに射精していることに気づいたのは、あの子が中学二年のときだった。もう五年も前の話になる。最初はやはりショックだった。だが、裏側にうれしい気持ちがあることに、すぐに気づいた。

あの子が私とセックスをしたがっている……。

そう考えると、なんだかわくわくした。忙しく仕事に明け暮れていた主人とも、二週間に一度くらいはセックスをしていたが、その際も徐々に岳人のことを考えるようになった。岳人に抱かれている気分で、主人と夜の時間を持っていたのだ。

最初から、もし告白してきたら、喜んで抱かれようと思ってはいた。その気持ちに拍車をかけたのは、二年前、女子大時代の同期生、片桐沙織《かたぎりさおり》と会って話したことだった。

沙織とは学生時代から、なんでも打ち明けられる仲だった。沙織は在学中の三年のときに妊娠し、七つ年上の准教授と結婚した。そのとき生まれた男の子は、いまはすでに二十一歳、大学三年になっている。

当時、高校二年だった岳人が、私のパンティーに射精しているという話をすると、沙織はこともなげに言ったのだ。

「そんなの当たり前よ。岳人くんが普通に成長してるって証拠だもの。喜んであげなくちゃ」

そう話したあとで、沙織は自分の経験を話してくれた。息子の英太《えいた》が高校二年のとき、ママの体が気になって仕方がない、と告白してきたのだという。

「うれしかったわ。だって、あの子が私をちゃんと一人の女として意識してくれてたんだから」

「その気持ちは私にもわかるわ」

「でしょう？　これから受験を迎える時期だったし、私、思ったのよ。この子が性欲に悩まされるなんてことがあってはいけない、ってね。だから決めたの。私が抱かれるしかないって」

私だって、岳人が打ち明けてくれさえすれば抱かれようと思っていた。だが、沙織は実際に息子から告白されたのだ。私もそれなりの衝撃を感じた。

「それで？」

「ちゃんと話し合ったわ。セックスにばかり夢中になられても困るしね。だから決めたの。学校から帰ってきたら、まず一度セックスをするって。夜も、もしたまらなくなったら出してあげることにしたわ。あの子は遅くまで勉強していたし、夜食を持っていったりしたときに、オチ×チンを握ってあげることぐらいはできるものね」

そして、沙織はそれを実行した。その結果、息子の英太は性欲に邪魔されることもなく勉強を続け、現役で第一志望の大学に合格したのだ。しかも東京の大学のため、英太は自宅通学だ。いまでも沙織は好きなときに英太に抱かれることができる。

岳人も、ちゃんと打ち明けてくれてたら……。

そう思わずにはいられなかった。あの子の気持ちは理解しているつもりだったが、こちらからけしかけるわけにはいかないと思い、つい遠慮してしまったのだ。結果的に受験に問題はなかったが、私はいまだに悶々《もんもん》とした毎日を送っている。

また沙織と話したほうがよさそうね……。

ほぼ日常的になっている祐平とのセックスを終えて彼を送り出した私は、沙織に電話した。すぐに出た沙織は、くすっと笑う。

——そろそろ来るころだと思ってたわ。どうなの？　お隣の坊やとは……。

「順調よ。平日は毎日来てるわ。きょうも抱かれて、いま帰ったばかり」

——でも、欲求は満たされない。でしょう？

「え、ええ、まあ」

——当然よ。最愛の息子の代わりなんて、だれにもできるわけがないんだから。

沙織の言うことはもっともだった。もともとの才能もあったのかもしれないが、祐平はどんどんセックスがうまくなっているし、私も十分に感じさせてもらってはいる。だが、終わったあとの虚《むな》しさは、やはり否定できないのだ。

――待ってる必要なんか、ないんじゃないの？　あなたのほうから誘えばいいのよ、岳人くんを。

「でも、あの子はうちにいないわけだし」

――何言ってるの？　海外にいるわけでもあるまいし、押しかけていけばいいじゃないの。

「押しかける？」

――そうよ。岳人くんのアパートに押しかけるの。あなたが欲しくて来ちゃったって打ち明ければ、彼は大喜びであなたを抱くわ。

「ああ、沙織。私、なんだかたまらなくなってきたわ」

――それでいいのよ。祥子も、もっともっと自分の欲望に忠実になりなさい。あなたはとってもセクシーだし、岳人くん、あなたに夢中に決まってるんだから。

私はほんとうにたまらない気分になり、ワンピースの中に右手を差し入れた。ふとももを這いあがった指先を、パンティーの股布《またぬの》にあてがう。先ほどはき替えたばかりだというのに、その部分はたっぷり湿っていた。指を動かすとぬるぬるした感触が伝わってくる。

――もっと刺激してあげましょうか。

「何？　英太くんと、また何かしたの？」

――ふふっ、このあいだファミレスのトイレでしたのよ。

「ファミレスのトイレ？」

――最初からそんなつもりで行ったわけじゃないわよ。たまたま主人が遅くなって夕食のいらない日だったから、久しぶりに二人でファミレスへ行ったのよ。普通に食事をしてたんだけど、食べ終わるころになって、英太がなんだかそわそわしてきちゃって……。

「そ、それで？」

――ママを見てたら、もう我慢できなくなっちゃった、なんて言うのよ、あの子。そうなったら、うちへ帰るまで待たせるわけにもいかないじゃない？　だから、あの子をトイレへ行かせたの。個室で待ってろって言って。

「大丈夫なの？　もしだれかに見られたら……」

――平気よ、男子トイレだから。もし見つかったとしても、相手が男性なら言いくるめられるわ。絶対に騒がれることもないしね。

「なるほど」

――私が入っていってノックしたら、すぐにドアを開けてくれたわ。あの子、もうズボンもパンツもおろしていて、オチ×チンが上を向いてた。

「ああ、沙織」

私は彼女たち二人を自分と岳人に置き換えてみた。ファミレスのトイレでペニスを勃起させている岳人のところへ、私が入っていくのだ。

右手の中指と人差し指を、私はパンティーの中に侵入させた。蜜液でぬるぬるした淫裂を撫であげ、中指の先を秘唇の合わせ目にあてがう。その瞬間、私の体がびくんと震えた。

――私も即、スカートをまくりあげて、パンストとパンティーをおろしたわ。オマ×コはもうぐしょ濡れ。わかるでしょう？

「え、ええ、わかるわ」

――英太を便座に座らせておいて、私もその上に座ったわ。英太に背中を向けてね。

「つまり、バックってこと？」

――そうよ。ベッドの上でバックですることはあったけど、これは初めてだったから、ちょっと興奮したわ。私が座っただけで、あの子の硬いのが、ぐぐっと奥まで入ってきて……。

「ああ、沙織」

岳人のペニスが私の中に入ってきたところを想像すると、それだけで頭がくらくらした。私は激しく指を使い始める。

——とにかくあの子を感じさせたいと思って、私、動きだしたのよ。お尻を上下させる感じでね。ところが、あの子が言うのよ。きょうはママに感じてほしいから、動かなくていいって。

「まあ、あの英太くんが……」

——やさしいのよ、あの子。自分が射精することより、私が感じるほうを大事にしてくれるんだから。

私ははっきりと沙織に羨望《せんぼう》を覚えた。英太にとって沙織は母ではなく、完全に恋人なのだ。

——祥子、もしかして自分でしてる?

唐突に問いかけられ、私は焦った。だが、ごまかすことはできそうもなかった。もともと隠し事などできない間柄なのだ。正直に話しても問題はない。

「そのとおりよ、沙織。さっきから、指であそこをいじってるわ」

――想像して。私たちと同じことを、岳人くんとやってるところを。

もちろん想像している。岳人の硬くなったペニスが、私の体の中に入ってきているのだ。その感激を味わう日が、果たして私には来るのだろうか。

――私、あの子、あの子の言うとおりにしたわ。自分では動かないことにしたの。そうしたらあの子、右手を前にまわしてきて、私の股間にさわったのよ。わかるでしょう？　私のクリちゃんを、指でいじってくれたの。

「す、すごいわ、沙織。あなた、感じた？」

――感じたなんてもんじゃないわ。場所もわきまえず、思わず大きな声をあげちゃったわよ。

私でもそうなるかもしれない、と納得した。愛する息子に感じさせてもらえるなんて、まるで夢のような話だ。

――英太ったら、ずっと私の耳もとにささやき続けてくれたのよ。好きだよ、ママ。好きだよ、ママ、って……。

「ああ、沙織。私、もう……」

好きだよ、お母さん。岳人の声が聞こえてきたような気がして、私は一気にのぼりつめた。体ががくがくと震え、頭の中が真っ白になる。

私は黙り、沙織も沈黙した。ようやく私が声を出せたのは、五分後くらいだっただろうか。

「ありがとう、沙織。私、いっちゃった」

――ふふっ、やっぱりね。実は私もいったのよ。

「まあ、すごい」

――あのときのことは、思い出すだけでたまらなくなっちゃうんだもの。

私はあらためて沙織がうらやましくなった。彼女は英太と、しっかり愛し合っているのだ。私と岳人の間には、実際にはまだ何も起こってはいない。

――とにかく、もっと自分の心に素直にならなくちゃ駄目よ、祥子。さっさと行ってらっしゃい、岳人くんのところへ。

「あなたの言うとおりね。よくわかったわ。私、必ず行ってくる」

電話を切った私は岳人の顔を思い浮かべ、深いため息をついた。

3

「お、お母さん？　どうして……」

アパートの玄関の扉を開けた岳人は、さすがに驚いた顔を見せた。それはそうだろう。沙織と電話で話した翌日、まったく予告もなしに、私は金沢までやってきたのだ。スエットの上下姿で、岳人は呆然《ぼうぜん》となって私を見つめている。

「お父さんには、あなたが急に高熱を出したって言って出てきちゃったの。入っていいでしょう?」

「あ、ああ、もちろん」

私は靴を脱いであがった。学生向けのアパートで、典型的なワンルームだ。シングルベッドと机、それに本棚以外には、ほとんど何もない。

最初が肝心よ。とにかく攻めないと……。

私は立ったまま、岳人と向かい合った。背は岳人のほうが十センチほど高いから、少し見あげる感じになる。

「用件を言うわ。抱いてちょうだい、岳人」

「えっ?　お母さん、な、な、何を……」

岳人のとまどいも当然だった。いきなりやってきた実の母が、自分を抱けと言っているのだから。

「あなたの気持ちは知ってるつもりよ。中学のころから、ううん、もしかしたらもっと前から、あなたは私を女として見ていた。違う？」

視線をさまよわせながら、岳人はうなずいた。

「いけないことだって思ったけど、ぼく、お母さんが好きだったよ。お母さん、すてきすぎるから」

「ありがとう。うれしいわ、そんなふうに言ってもらえて。あなたが気持ちを打ち明けてくれてたら、お母さん、たぶんすぐにでも抱かれたと思うんだけどね」

「ほんとに？」

私は首肯した。いままでもう五年間も、私はそういう気持ちを抱き続けているのだ。

「どうして話してくれなかったの？　お母さんが好きだって」

「そんなこと、言えるわけないじゃないか。ぼくはお母さんの実の子だし、セックスなんか、できるわけがないから」

「そんなことないのよ、岳人。沙織、知ってるでしょう？」

「ああ、お母さんと一番仲のいい友だちだよね」

「沙織は英太くんに抱かれてるの」

岳人はぎくりと身を震わせた。信じられないという顔で私を見つめてくる。

「英太くんが高二のとき、打ち明けてきたんだそうよ。ママの体が気になって仕方がないって」

「す、すごいね。あの人もすてきだから、息子さんの気持ちはぼくにもよくわかるけど」

「お母さんがいけなかったのね。ごめんなさい、岳人。ずいぶん我慢させちゃったわね。お母さんから声をかけてあげれば、それで済んだのに」

言いながら、私は両手で岳人の腰を抱いた。自分のほうへ岳人の体を抱き寄せるようにする。

「お、お母さん」

次の瞬間、私は岳人の唇に自分の唇を押しつけた。とまどいを見せながらも、岳人は抵抗しなかった。私が舌を突き入れると、そこにおずおずと自分の舌をからめてくる。

私は思いきって、下腹部を岳人のほうへ押しつけた。私のお腹あたりに、硬いものが当たってきた。こうしてキスしただけで、岳人はすっかりペニスを勃起させてしまったらしい。

長いくちづけを終えると、私はその場にひざまずいた。岳人に何かする間を与えずに、スエットパンツを足首まで引きおろした。はいているトランクスの前が、テントを張ったような状態になっている。

そのトランクスも、私はずりさげた。想像していたよりも、岳人のペニスは大きかった。亀頭の先から、先走りの透明な粘液がにじみ出ている。

「すごいのね、岳人。もうこんなに大きくして」

「お母さんのこと考えたら、いつだってこうなるよ。ここへ来てからも、毎晩、思ってたんだ。いつかお母さんとセックスがしたいな、って」

「ああ、岳人」

私はもう夢中になって岳人のペニスを握ると、それをすっぽりと口にくわえ込んだ。硬さは祐平と変わらないし、肉棒への興味も同じくらいあるが、今回はそこにいとおしさが加わっている。たっぷりと自分の気持ちをこめて、私は首を振り始めた。

「だ、だ、駄目だよ、お母さん。気持ちよすぎて、ぼく、もう……」

想定はしていた。岳人も初めてのときの祐平と同じで、たぶん童貞なのだ。我慢などする必要はない。まずは私の口に欲望のエキスを放ってほしいという気持ちで、私はさらに動きを加速する。

いいのよ、岳人。出して。お母さんのお口に、あなたの白いのを出して……。

ほんの数回、首を前後させただけで、岳人は限界に達したようだった。

「お母さん、あ、あああっ」

びくん、びくんと震えるペニスの先端から、濃厚な精液が噴出してきた。これでもかというように、肉棒は何度も脈動を繰り返す。

岳人が出した精液を、私はごくりと飲み干した。さらに唇をすぼめ、最後の一滴まで搾り取るように、私は肉棒を強く吸った。

「ああ、お母さん。飲んでくれたんだね」

私は口からペニスを解放した。予想していたことだったが、祐平と同じで、岳人の肉棒はまったく硬さを失っていなかった。先ほどまでとほとんど変わらずに、下腹部にそそり立っている。

これならすぐにでもセックスができそうだった。だが、私はそうはしなかった。隣家の祐平とやっていたことを、同じように岳人ともしてみたくなったのだ。

「ねえ、少し休んでもいい？」

「ああ、もちろん」

「コーヒーが飲みたくなったわ」

「あっ、じゃあぼくがいれるよ」

岳人の言葉に、私は首を横に振った。

「ううん、お母さんがいれてあげる。あなは裸になって、待っててちょうだい」

「裸になって？」

「お母さんも脱ぐわ。ちょっと待って」

私はコートを脱ぎ、素早くワンピースを脱ぎ捨てた。ウエストに手をやって、するするとパンストも取り去ってしまう。

きょうの私はブラジャーをつけずに、いま一番気に入っている薄紫のキャミソールを着てきていた。生地の下で白いふくらみがゆさゆさと揺れている。パンティーも同色だった。ヘアがうっすらと透けて見える。

足首からスエットパンツとトランクスを取り、上半身に着ていたものも脱ぎながら、岳人は私に熱い視線を送ってくれた。頭のてっぺんから足の爪先《つまさき》まで、私の体を舐めるように見つめる。

パンティーとキャミソールだけの姿で、私はミニキッチンに立った。岳人は高校時代からレギュラーコーヒーを飲む習慣がついていたから、ここへもミルからドリッパーまで、必要な器具は持ってこさせていた。お湯を沸かし、私はドリップの準備をする。

「コーヒー、いつも飲んでるの?」

「うん。お母さんみたいにうまくはいれられないけど、毎日飲んでるよ。お母さんに豆を送ってもらってるしね」

「私も飲んでるわ。そのたびに思い出すのよ。岳人と一緒に飲んだこと」

裸同然の姿で飲んだことなどもちろんないが、学校から帰った岳人にコーヒーをいれてやるのは、いつもの習慣だった。その間も、岳人が打ち明けてくれないかな、なんて考えていた覚えがある。

机の前に置かれた椅子《いす》をこちらに向けて、岳人は腰をおろした。いきり立ったペニスを剝き出しにしたまま、私のほうをうっとりと眺めている。

「岳人、彼女とかはできないの?」

「そんなもの、できるわけないじゃないか。中学のときからずっと一緒さ。同い年の女の子なんかに、興味は湧かないんだ」

「ずっとお母さんだけを思ってくれてたってこと?」

頰をわずかに紅潮させながら、岳人はうなずいた。

「ぼくにはお母さんしかいなかったよ」

「ああ、岳人……」

コーヒーをいれ終え、私は二つのカップを両手に持って運んだ。机の上にカップを置き、岳人の膝の上にそっと腰をおろす。

「お、お母さん。そんなことされたら、ぼく、我慢できなくなっちゃう」

「我慢なんかしなくていいの。お母さんの体、自由にしてくれていいんだから」

「ああ、お母さん」

背後から、岳人が乳房に両手をあてがってきた。軽く揉《も》まれただけで、私は子宮の奥に熱いうずきを覚えた。蜜液がどんどんあふれてきている実感がある。

「とにかく飲みましょう、コーヒーを」

「あっ、そ、そうだね」

私を抱っこする形になりながら、岳人はカップを手に取った。私も同じようにし、それぞれがひと口すする。

私は間もなくカップを机の上に戻した。

「聞かせて、岳人。初めてお母さんを女として意識したときのこと」

「うーん、そうだな。お母さん、夢精って、わかる?」

「ええ、わかるわ。男の子が夢を見ながら出しちゃうのよね、白いのを」

「うん。小学校五年のときだったと思う。初めて夢精をしたんだ。お母さんの夢を見ながら」

「どんな夢だったの？」

「前の日に一緒にプールへ行ったんだよね、お母さんと。そのとき、思ったんだ。お母さん、きれいだなって」

岳人の言葉の一つ一つが、私の性感を揺さぶらずにはおかなかった。小学生のころから、この子は私のことを一人の女として意識してくれていたのだ。

「夢に出てきたのは、お母さんの水着姿だったよ。前の日に、おっぱいにさわりたいなあ、って思ったんだ。夢の中でも、同じことを考えてた気がする」

「それで、さわったの？　私のおっぱいに」

「駄目だったよ。そこにあるのに、さわろうとすると空振りしちゃうんだ。それで、気がついたらオチ×チンからあれが出てて……」

聞いているだけで、私はすっかりたまらない気分になってしまった。こうなったら、もうコーヒーどころではない。

一瞬、沙織と英太の話を思い出した。ファミレスのトイレで、便座に座った英太と、沙織はバックで交わったのだ。同じことがしてみたい、と思ったが、それには椅子が少し高すぎるようだった。すぐにあきらめる。

「ねえ、岳人。お母さんのほうからコーヒーを飲みたいって言ったのに、なんだか我慢できなくなっちゃった。ベッドへ行ってもいい？」

「も、もちろんだよ、お母さん」

私は立ちあがり、ウエストに手をやってパンティーを引きおろした。股布から蜜液が糸を引くのが見えた。秘部はもうすっかり潤っているらしい。

そんな私に、岳人は相変わらず憧憬の視線を注いでくれていた。本人の言葉どおり、この子はずっと私にあこがれていてくれたのだろう。

脱いだパンティーを床に投げ捨て、私はベッドを覆っていた毛布を引き剝《は》がした。キャミソール一枚だけの姿で、白いシーツの上に身を横たえる。

「いいわよ、岳人。来て」

岳人の表情が、やや硬くなった。すでに一度、私の口に射精しているとはいえ、これからとうとう初体験をするのだ。ある程度の緊張を覚えるのは仕方がないところだろう。

ベッドにあがってきた岳人は、私の右側に寝た。その目は、どうやらキャミソール越しに私の乳房に注がれている。

「好きにさわっていいのよ。ほら、お母さんのおっぱい、さわりたかったんでしょう?」

「う、うん」

岳人の右手が、私の左の乳房にあてがわれた。まるで宝物でも扱うように、そっとふくらみを揉み込んでくる。

「ああ、お母さん。き、気持ちいい」

「岳人はおっぱいが好きなのね」

「うん。初めてお母さんを意識したころから、ずっとさわりたいって思ってたからね」

男にもしっかり好みというものがあるのだな、と私は実感した。義母である文佳の影響も大きいのだろうが、隣家の祐平は脚、特にふとももに執着していた。会えば必ず私の足もとにひざまずいて、五分か十分はふとももを撫でている。その間に私も感じてきて、陰部をすっかり濡らしてしまうことが多いのだ。

岳人に乳房に触れられたことでも、もちろん感じた。こちらに岳人に対するいとおしさがあるだけに、ただの愛撫とはひと味違っていた。熱いうずきが湧いてきて、一刻も早く岳人と一つになりたいという思いに駆られる。

「ねえ、岳人。そろそろ入ってきて。お母さんの中に」

私の言葉に、岳人はびくんと体を震わせた。とうとう童貞喪失の瞬間が来たことに思い至ったのだろう。

「お母さん、ぼく、どうすれば……」

さすがに初めてとあって、岳人にはとまどいもあるようだった。

「大丈夫よ。あなたは普通にしていればいいの。お母さんの脚の間に入って、体を重ねてくれれば」

私が広げた脚の間で、岳人は膝立ちになった。私の顔の横あたりに両手をつく。

下腹部におろした右手で、私は岳人のペニスを握った。硬かった。そして熱かった。手が火傷《やけど》をしてしまいそうな気さえする。熱い肉棒を、私は手前に引いた。

張りつめた亀頭の先端を、ぴたりと淫裂にあてがう。

「ここよ、岳人。さあ、入ってきて」

うなずいた岳人が、ぐいっと腰を進めてきた。狙《ねら》い違《たが》わず、肉棒は淫裂を割った。そのまま肉洞の奥までもぐり込んでくる。

「ああ、岳人……」

ただただ感激だった。最愛の息子である岳人のペニスが、私の肉洞を満たして

いるのだ。その充実感たるや、言葉にしようがなかった。これ以上の幸福がある
だろうか、と本気で思った。

「す、すごいよ、お母さん。こんなに気持ちいいなんて、信じられない」

「お母さんも同じよ。すごく感じるわ。これからも一緒よ、岳人。ずっと一緒」

「ああ、お母さん」

ほとんど本能的な動きなのだろうか、岳人は腰を振り始め、呆気《あっけ》なく射精した。

二度目の射精とは思えないほど大量の精液が、私の体の奥壁に打ちつけられる。

「好きだよ、お母さん」

私に体を預けながら、一番うれしいひと言を、岳人はつぶやいてくれた。

「私も好きよ。岳人が大好き」

「お母さん」

私たちは、しっかりと唇を重ね合わせた。

第三章　女教師　和美《かずみ》四十四歳

1

隣のおばさん、照井祥子のおかげで、俺は性欲に悩まされることがまったくなくなった。平日は月曜から金曜までほぼ毎日、学校帰りに隣家に寄り、俺は祥子とセックスをしている。部活に参加した日は遅くなるのだが、それでも祥子は待っていてくれる。夫の帰りは毎日十時すぎだから、心配ないのだという。

欲望が満たされることはうれしいのだが、それ以上に、俺は祥子を感じさせることに喜びを覚えた。俺の舌や指で祥子が悩ましい声をあげてくれると、信じられないほどの満足感を覚えるのだ。このごろは俺が一回射精する間に、必ず祥子も一度、絶頂に導けるようになっている。

いつかママもあんなふうに感じさせてみたい……。

俺の中で、そんな思いがどんどん強くなってきた。とはいえ、実際にはまだ告白さえできていないのだ。ママを抱ける日がちゃんと来るのかどうか、まったく自信はない。

そんなある日、俺は所属している軽音楽部の先輩で、都内の大学に通う青井《あおい》義《よし》彦《ひこ》と話をする機会を得た。三つ年上の青井はギターがうまく、ときどき後輩のために教えに来てくれているのだ。

俺が二年生になってから担任になった柿山《かきやま》和美の話をすると、青井は目を輝かせた。

「ラッキーじゃないか、狭間。最高だぜ、あの先生」

「確かにきれいな人ですよね」

和美は四十四歳の英語教師だ。うちのママより七つ年上ということになる。美人であるうえに、豊かな乳房が魅力的で、男子の間ではFカップはあるのではないかと噂《うわさ》されている。

「性欲の処理に困ってるって相談すれば、きっとやらせてくれるぞ」

「ほんとですか?」

「ああ、俺が証人だ」

「先輩が?」

「三年になってすぐの進路面談のときだったかな、俺、先生に打ち明けたんだ。

先生がセクシーすぎるから、気になって勉強が手につかないって、ちょっと責めるような感じでな」

青井はにやりと笑った。彼が俺に嘘をつくメリットは何もないから、たぶんほんとうのことなのだろう。

「そうしたら、いきなり先生に言われたんだ。立ってズボンをおろしてみなさい、ってな」

「す、すごいですね」

「その日の面談は俺が最後で、あとにだれも残っていなかったのも幸いしたんだろうな」

「やったんですか、言われたとおりに」

青井はうなずいた。

「もともとあの先生はズリネタにしてたし、面談に入る前から、勃起しかけてたからな。ズボンとパンツを膝までおろしたときには、俺のはもう破裂寸前にふくれあがってたよ」

「そ、それから？」

「先生、俺の足もとにしゃがみ込んで、まず握ってくれた。それだけでいきそうになって、まいったよ。もちろん我慢したけどな」

青井は夢見るような表情になった。

「先輩、それまで経験は?」

「一応、あったよ。二年のとき、一学年上の女とな。でも、向こうは遊びで誘ってくれただけだから、大したことはしてない。二、三回、やったことがあるって程度だったな」

初体験を済ませていたのなら、俺が祥子と相対したときに比べれば余裕があったに違いない。とはいえ、あこがれていた女性にペニスを握られたのだ。その感激は俺にもわかる。

「硬いわね、とか言いながら、先生、くわえてくれたんだ、俺のを」

だいたいの想像はついていたが、やはり刺激的な話だった。和美は肉厚のセクシーな唇をしている。唇は少しだけママに似ているのだ。そこに肉棒を含まれるシーンを想像すると、俺も股間が熱くなってくる。

「フェラだってって初めてってわけじゃなかったけど、超強烈なんだ、これが。俺のチ×ポに吸いついてくるって感じでな。あっという間に出しちまったよ」

「飲んでくれたんですか、先生」

青井は首肯した。俺は初めて祥子に口唇愛撫をしてもらったときのことを思い出した。口に出すだけでも驚きなのに、祥子は俺が放出した精液をごくりと飲み干してくれたのだ。相手が大好きなママでなかったとはいえ、それなりに感激した記憶がある。

「だけど、なんたってまだ十八になったばかりだからな。一回出したくらいで、俺の欲望がおさまるわけがない。チ×ポは硬くなりっぱなしだったしな」

「面談って、当時は教室でやってたんですよね」

いまは面談室というのがあるが、それは俺が入学した年にできたのだ。

「ああ、そうだよ」

「したんですか、そこで」

青井はあらためてうなずいた。

「俺としてはホテルかなんかへ連れていってもらえるかなって思ったんだけど、先生のほうがむしろ性急でな。いきなりスカートをまくりあげて、パンストとパンティーをおろしちゃったんだ」

「ずいぶん積極的だったんですね、先生」

「ああ。びっくりする俺にかまわず、先生、机の上に手をついて、俺のほうへ剝き出しになったお尻を突き出してきたんだよな」

和美は乳房の豊かさが有名だが、お尻もボリュームたっぷりで、俺はそれなりに魅力を感じていた。パンティーを脱ぎ捨てた和美のお尻が目に浮かんできて、俺の股間にはさらに血液が送り込まれる。

「後ろから来てって言われて、俺、言われたとおりにしたよ。開いた脚の間から、先生が右手を出してきて、俺のを握ってくれたんだ」

「立ちバックですか」

祥子と経験を重ねているが、まだ立ったまま背後から挿入した経験はない。

「チ×ポがするっと入って、もう大感激さ。それと、あの先生、おっぱいがでかいだろう?」

「ええ、確かに」

「俺、チ×ポを突っ込んだまま、後ろから両手で揉んだんだ、先生の胸を。ブラジャー越しでも、気持ちよかったぜ。先生、おっぱいに自信があるから、俺にそうさせようと思ってバックにしたんじゃないか、って思ったんだよな、最初は」

「違ったんですか」

「先生、俺のをあそこに入れたまま、右手を自分の股間におろしたんだ。わかるだろう？　俺とセックスをしながら、オナニーを始めたってわけさ」

　普通のセックスのときでも、祥子はときどきそんなふうにする。密着した下腹部の間に右手を突っ込んできて、指先で肉芽をもてあそぶのだ。バックならば圧迫されることがないから、もっと自由に手指を動かすことができるに違いない。

「先生、けっこう貪欲《どんよく》だったよ。俺は腰を振って、あっという間に出しちまったけど、先生も一緒にいけたらしいからな」

「いいですね、お互いに気持ちよくなれるっていうのは」

「そのとおりだよ、狭間。セックスは二人で楽しむものだからな」

　ギターの練習などそっちのけで、俺たちはずっとその話をしていた。俺のズボンの前は、ずっと突っ張りっぱなしだ。

「先生と、その後は？」

「一回だけって約束させられたからな。でも、大学に受かったご褒美だとか言って、最後に一度、一緒にホテルへ行ってくれたよ。まあ、俺にとっては恩人だな、あの人は」

　気がつくともう五時近くになっていた。青井と別れて学校を出た俺は、青井の話に刺激され、かなり興奮した状態で隣家に向かった。七時すぎには義母が帰ってくるのだが、部活のある日はだいぶ遅くなると言ってあるので問題はない。

ところが、この日に限って隣家は留守だった。スマホを取り出してみると、祥子からＬＩＮＥが入っていた。どうしても息子の岳人に会いたくなって、金沢まで来てしまった、と書かれていた。祥子にとって岳人は、世界一大切な男性なのだ。これは仕方がない。

俺は家に戻り、服を脱いだところで、まずは一度、出しておくことにした。青井の話に興奮させられ、祥子に満たしてもらうつもりで隣家へ向かったのだ。空振りに終わった以上、自分で握るしかない。

裸でベッドに横たわり、俺は右手でペニスを握った。担任の柿山和美の顔と体を思い浮かべようとしたのだが、脳内スクリーンに映し出されたのは、やはりママだった。これまでにママが見せてくれたセクシーなシーンを思い出しながら、ごしごしと肉棒をこすり立てると、射精はあっという間に襲ってきた。ペニスが脈動を開始する。

普段はママのパンティーかティッシュで受け止めるのだが、きょうはそのままにしておいた。噴出した精液の第一弾は、首のあたりまで飛んできた。そこから上腹部にかけてが、白濁液まみれになる。

「好きだよ、ママ」

あお向けになったまま、天井に向かって、俺はそうつぶやいた。

2

祥子が金沢へ行ったのが水曜日で、ＬＩＮＥによれば週末まで向こうにいるとのことだった。そうなると土日も含めて、俺はあと四日も彼女に会えないことになる。つまりその間、ずっとセックスができなくなるのだ。

ママのことを思ってオナニーをすれば欲望は満たせるのだが、ちょっと寂しい気がした。学校帰りに隣家に寄って祥子を抱くのが、日常的なパターンになってしまったせいだろう。

そこで俺は軽音楽部の先輩である青井の話を思い出し、作戦を練った。担任の柿山和美を、なんとかものにできないだろうかと考えたのだ。

五時限目、英語の授業が終わったところで、俺は和美に声をかけた。

「先生、進路のことで相談があるんですけど、特別に面談とかしていただけませんか」

和美は驚いた顔も見せず、にっこりほほえんだ。

「もちろんかまわないわよ、狭間くん。放課後、いくつか雑用があるから、四時半ごろでもいい？」

「はい、大丈夫です」

「じゃあ四時半に面談室を予約しておくわ。遅れないで来てね」

「ありがとうございます」

俺たちが入学した年、ちょうど青井が卒業したあとに、三階に面談室というのが設けられた。個室が三つあり、それぞれに四人掛けのソファーが置かれている。父兄も含めた面談などに利用するためらしいが、俺はまだ使ったことがない。

音楽室で軽音楽部の連中と一時間ほどすごし、俺は面談室に向かった。扉はしっかり閉じられていたが、ドアには大きなガラス窓が作られているため、中の様子は丸見えだ。一番奥の個室に、和美は座っていた。

ノックして入ると、和美はまたにっこりほほえんだ。

「悪かったわね、待たせちゃって」

「いいえ、とんでもない。俺のほうこそ、突然、すみません」

「いいのよ。お話は大歓迎。悩みは早く解決してしまったほうがいいわ」

「ありがとうございます」

あらためて礼を言い、俺は彼女の正面に腰をおろした。とたんに、膝上十センチほどのスカートから露出した脚が目に入ってきて、俺は欲情した。確かに和美はバストが豊かだし、男子の間では胸の話題が出ることが多いのだが、脚もけっこう魅力的だ。ふとももがむっちりと量感をたたえていることは、ずっと前から知っている。

「もしかして、溜まっちゃった？」

いきなり問いかけられ、さすがにびっくりした。妖艶な笑みを見せ、和美はゆっくりと脚を組んだ。スカートの裾がずりあがって、ベージュのストッキングに包まれたふとももが大胆に露出してくる。

「そんなに驚いた顔をしなくてもいいじゃないの。高二の男子の相談っていったら、そっち方面が圧倒的に多いもの。私たちだって、よく心得てるわ」

「す、すごいですね、先生。実は俺、青井先輩から話を聞いたんです」

「青井くん？　ああ、覚えてるわ。もう大学二年になってるはずだけど……。あっ、そうか。彼、あなたと同じ軽音楽部だったものね」

「そうなんです。ギター、ときどき教えに来てくれてて」

「冷たいわね、あの子も。学校へ来てるんなら、私のところへも顔を出せばいいのに。今度、彼に言っておいてちょうだい」

「は、はい」

和美の態度を見ている限り、もう俺の望みは果たされたようなものだった。溜まっているかと尋ねてきて、青井との関係を俺に知られたことも、まったく気にしていない様子なのだ。頼めばやらせてくれるに違いない。

しかし、俺はただセックスがしたいだけではなかった。俺のママへの思いを、和美に聞いてほしいと思ったのだ。祥子にはもともと見破られていたわけだが、俺の気持ちを彼女に知ってもらうことが、それなりにうれしかった記憶がある。

「青井くんと同じなの？　私が欲しくなっちゃった？」

「はい、そのとおりです。先生の脚、とってもすてきだから」

「私の、脚？」

和美は意外そうな声をあげた。Ｆカップと言われている乳房の持ち主だから、当然、俺も胸に魅せられたと思っていたのかもしれない。

「ありがとう、狭間くん。それなりに自信は持ってるつもりなんだけど、なかなか脚を褒めてくれる人はいないのよ。なんだかうれしいわ」

「先生のバストも魅力的です。でも、俺は脚のほうが……」

また色気たっぷりの笑みを見せ、和美はおもむろに脚を組み替えた。俺に見せようとしているとしか考えられない行為で、スカートの裾はさらに乱れた。組み合わされた左右のふとももの間には、淡いピンクの小さな三角形がのぞいている。パンティーの股布だ。

「同級生に好きな女の子とか、いないの？」

ごく当たり前のことを、和美は尋ねてきた。

「それはぜんぜん。クラスメートの女の子なんて、先生みたいにセクシーじゃありませんから。実は俺、あこがれてる人がいて……」

「ふうん。もしかして、年上の人？」

うなずきながら、俺は少し身を乗り出した。

「義母なんです」

「えっ、お義母様？」

「実の母は俺の出産後、すぐ死んでしまったんです。その一年後に、まだ学生だった義母と父が再婚して……」

「へえ、そうだったんだ」

「その父も四年前に死んだので、結局、義母と二人きりで暮らすことになってしまって」

「なるほど。魅力的なお義母様と二人きりじゃ、そりゃあどうしても刺激されちゃうわよね」

和美は明らかに興味を示してくれた。

「まだ何もないの？　お義母様と」

「ありません」

「告白とかも、してないってこと？」

「してませんよ。へたなことをして、義母に嫌われたくはないですから」

「まあ、そういう気持ちもわからないではないわね。でも、まだあきらめたわけじゃないんでしょう？」

「はい。いつかは、って思ってます」

和美は満足そうにうなずいた。今度は彼女のほうが、ローテーブルの上に身を乗り出してくる。

「いいと思うわよ。あこがれのお義母様と、いつかちゃんとできるように、私も祈ってるわ」

「ありがとうございます」

言いながら、和美のふとももには刺激されっぱなしだった。ズボンの前が、もうすっかり突っ張った状態になっている。

「狭間くん、これから予定は？」

「いえ、べつにありませんけど」

きょうは部活の日だし、五時すぎに学校を出たとして、いつもは隣家に寄っているので、帰宅時間はだいたい八時すぎだ。その時間にはママはもう戻っているはずだが、いつものことなので怪しまれる心配はない。

「じゃあ、ホテルへ行きましょうか」

「ホテル？」

青井は教室で立ったまま和美を抱いたと聞いている。やや意外な展開だ。

「よく使ってるところがあるのよ。ちょっと待ってて」

和美はスマホを取り出し、ネットにつないだらしかった。二、三分で作業を終え、俺のほうへ向き直る。

「取れたわ、ダブルルームが。五時になったら出ましょう」

「はい」

「でも、もう我慢できなくなってる？」

和美はまた妖《あや》しいほほえみを浮かべた。その視線は、俺の股間に向けられているように見える。

「そ、そりゃあ、先生のすてきな脚を見せてもらったわけですから」

「いいわ。ここで一度、出していきましょう。立って」

命じられるまま、俺は立ちあがり、ソファーの横に出た。

組んでいた脚をほどいて席を立った和美は、流れるような動作で俺の足もとにひざまずいた。躊躇なくベルトをゆるめ、俺のズボンとトランクスを引きおろす。

「わおー、すてきよ、狭間くん。こんなに大きくして」

和美のふとももを見せられていただけに、俺のペニスはほぼ完全に勃起していた。先走りの透明な粘液に濡れた亀頭が、下腹部にぴたっと貼りついている。

右手でそっと肉棒を握り、和美は先端を自分のほうへ向けた。すでに十分に刺激的な行為だが、祥子と経験しているだけに、俺にはまだ余裕があった。肉棒が和美の口にくわえ込まれていく様子を、わくわくしながら眺める。

フェラチオには慣れているはずなのだが、祥子の場合とはやや感触が違った。どちらも気持ちいいのだが、和美の場合は舌がペニスにからみついてくるような感じがするのだ。

「ああ、先生。たまりません」

何度か首を振ったところで、和美はいったんペニスを解放した。俺を見あげて言う。

「あなた、けっこう経験してるみたいね」

「えっ？　は、はあ……」

「慣れてない子だったら、もう出しちゃってるわ。青井くんもそうだったし」

「すみません」

「ああん、何を謝ってるの？　いいのよ。慣れてる子のほうが、こっちも楽だし。もしかしたら、私を感じさせてくれたりして」

「そりゃあ、一生懸命やりますけど……」

くすっと笑い、和美は口唇愛撫に戻った。祥子は空いた左手で陰嚢をもてあそび睾丸をころがしてくれたが、和美はその手を俺のお尻にまわしてきた。爪《つめ》を立て、やんわりと撫でてくる。これがまた激しく俺の性感を揺さぶった。射精感が押し寄せてくる。

「き、気持ちよすぎます。先生、俺、もう……」

どうせこのあとホテルへ行くのだ。すぐに出してしまっても、文句は言われないだろう。和美だって、そのつもりでフェラチオをしているに違いないのだ。

和美の首の動きが急になり、間もなく俺は限界に達した。大きく脈動するペニスから、熱い欲望のエキスが噴出する。

「ああっ、先生」

予想どおりと言うべきか、ペニスの動きが止まると和美は口を離し、ごくりと音をたてて精液を飲み込んでくれた。俺を見あげてにっこり笑う。

「あとはホテルよ。楽しみにしてるわ」

「はい、先生」

俺はトランクスとズボンを引きあげながら、さらに欲情してくるのがわかった。

3

和美が予約したのは都心にあるシティーホテルで、車で三十分くらいかかるとのことだった。和美が運転する車の助手席に座りながら、俺はちらちらと彼女の下半身に視線を送っていた。学校を出てくる前に、どうやら和美はストッキングを脱いだらしいのだ。スカートの裾から、素足がなまめかしく露出している。

「よかったら、さわって」

いきなり和美が声をあげた。

「いいんですか」

「運転に差し障りがない程度ならね。三十分、退屈でしょう？　あなたがさわってくれたら、私も気がまぎれるわ」

俺は一度、深呼吸してから、右手を和美の膝に伸ばした。やや開かれた脚の間に、その手をすべり込ませていく。

「ああ、夢みたいですよ。こうやって先生の脚にさわれるなんて」

和美のふとももは、俺の予想をはるかに超えるぐらい、いい手ざわりだった。触れているだけで、どんどん股間に血液が集まってくる。

ふとももにさわっているうちに、俺はもちろん興奮した。股間のイチモツは、ズボンを突き破ってきてしまいそうなほど体積を増している。

「ねえ、話して、狭間くん。お義母様のこと」

「はあ。何を話せばいいんでしょう」

「まずはきっかけね。お義母様を女として意識したきっかけ」

これは初めて夢精したときのことになるだろうか。

「先生、夢精ってわかりますよね」

「もちろんよ。お義母様の夢を見ながら出したのね」

「はい。前の日にプールへ行って、義母の水着姿に見とれていたんです」

「それ、何歳のとき?」

「確か小五だったから、十一歳ですね」

「十一歳か。性の目覚めとしては普通かな」

同じクラスに一人悪友がいて、彼には義母への熱い思いも打ち明けているのだが、彼も初めての夢精は小学校五、六年のときだったと言っていた。和美の言うように、たぶん普通なのだろう。

「お義母様の水着姿の夢を見たのね」

「はい。特にふとももが印象に残っていて、義母のふとももが目の前に迫ってくるような夢だった気がします」

「あなたが胸よりも脚に興味があるのは、やっぱりお義母様のせいなのね」

「はあ、たぶん。すみません」

「何を謝ってるの? とってもすてきなことじゃないの。その魅力的なお義母様の脚を、あなたは毎日、見てるわけでしょう？　どんどんあこがれていくのは当たり前だわ」

和美はママへの思いを理解してくれたようで、俺はうれしかった。祥子に続いて二人目ということになる。そういえば和美と祥子は年齢が近いのだ。和美にも息子がいるのではないだろうか。

「先生、息子さんはいらっしゃらないんですか」

「いるわよ。実はうちも義理の息子なの。主人、再婚だったから」

「なるほど。おいくつなんですか」

「もう大学二年よ」

「大学二年ってことは、二十歳《はたち》ですか。義理の息子さんもきっと、先生のことを女として見てたんでしょうね」

「あの子が？　さあ、どうかしら。聞いたことないから、わからないわ」

これは意外だった。岳人のようにしっかり打ち明けて、実の母と関係を結ぶことは珍しいのかもしれないが、和美はこれだけさばけた女性なのだ。告白されれば、たぶん彼に抱かれていたに違いない。

「もったいないなあ」

「何が?」

「義理の息子さんですよ。もし打ち明けてきたら、先生、ちゃんと相手をしてあげたでしょう?」

「うーん、どうかしら」

「青井先輩や俺にまで、やさしくしてくれるんですからね、先生は。もっと大事な彼だったら、望みを聞いてあげるに決まってるじゃないですか」

俺はふとももに触れている手に力をこめた。和美の義理の息子だって、きっとここにさわってみたかったに違いないのだ。

「そ、そうかもしれないわね。でも、いまはあの子のことはいいわ。あなたのお話、もっと聞かせて」

「はあ……」

俺は小学生時代を思い出した。何度か夢精を経験し、オナニーを始めたのは六年生になってからのような気がする。当然、対象はママだ。

「小六ぐらいでオナニーを始めたんですけど、義母のことしか考えられないんですよ。まだセックスがどんなものなのか、まったく想像もできないまま、いつかは義母を抱きたいって思ってました」

「そこまでずっと好きでいられたら、大したものよ。お義母様の体にさわったりはしなかったの？」

「できませんよ、そんなこと」

「あら、そう？　偶然を装って、ちょっと手を伸ばしてみるとか、できないことはないんじゃない？」

いつも熱い視線を送ってきたのは事実だが、ママの体に触れようとしたことは一度もなかった。ママに欲望を抱くことに対して、どこかで罪の意識を感じていたせいかもしれない。おかしなことをして、ママに嫌われたくないという思いももちろんあった。

「できればさわりたかったですよ。特にふとももに」

「やっぱりふとももなのね」

「はい。べつにいつもミニスカートをはいてるわけじゃないんですけど、リビングのソファーで向かい合って座ったりしていれば、ときどき見えますからね、ママのふとももが。あっ、義母のふとももです」

「ああん、いいのよ。いつもどおりに話して。普通にママって言ってちょうだい。うちの子だって、大学生になっても、いまだにママって呼ぶし」

「じゃあ、そうさせてもらいます」

少し気が楽になった。言葉を喋るようになってから、ずっとママと呼んできたのだ。義母なんて言うと、ちょっと他人のような気がしてしまう。

「告白しようと思ったことはないの？」

「ありますよ、何度も。でも、そこまで勇気がありませんでした。ママに嫌われたくないんで」

和美は納得したようにうなずいた。

「まあ、その気持ちはわからないでもないわ。受け入れてもらえるとは限らないものね」

「そうなんですよ」

「じゃあ、いつも想像するだけなの？　お義母様のこと」

「中学に入ったくらいからですけど、オナニーのときにママの下着を使うようになったんです」

「お義母様の下着？」

「はい。夜遅く、洗濯機からママが脱いだパンティーを持ち出してきて、匂いを嗅ぎながら握るんです」

「まあ、すごい。私、興奮してきちゃったわ、狭間くん。お義母様のあそこの匂いがついたところに、顔を押し当てたのね」

「はい、そうです。なんだかわからないけど、すごく興奮しました」

いまでも毎晩のようにしていることなので、あのころの思いははっきりと記憶している。あこがれのママを穢《けが》すことになるというためらいはあったものの、どうしてもやめることができなかった。最後はそのパンティーに射精してオナニーを終えるのだ。

「もしかして、出しちゃったの？　お義母様のパンティーに」

「よくわかりましたね」

当然、予想はついただろうと思いながら、俺は少し驚いた声をあげた。

「そのとおりです。悪いなって気持ちもあったんですけど、どうしても我慢できなくて」

「悪くなんかないわ。あなた、ぜんぜん悪くない。熱い気持ちをパンティーにぶつけただけだもの」

和美の声が、やや裏返った。あるいはいちだんと興奮してきたのかもしれない。

「狭間くん、手、もっと奥まで入れて」

「奥まで？」

「あなただけ気持ちがいいなんて、ずるいじゃないの。私も感じさせて」

「あっ、すみません」

左右のふとももに挟まれていた右手を、俺はすべりあげた。最上部に到達し、そろそろパンティーに触れるころだと思ったとき、俺はぎくりとした。指先からヘアの感触が伝わってきたからだ。

「先生、あの……」

「ふふっ、びっくりした？　パンティーも脱いできたのよ。学校を出てくる前に、トイレでパンストを脱いだときにね」

俺は中指の先で淫裂を撫であげた。そこはすでにぐっしょりと濡れていた。指先がぬるぬるしてくる。

「ああん、憎たらしいわ、狭間くん。さわり方、とってもじょうず」

「そう思いますか」

「かなり経験してるみたいね。楽しみだわ」

祥子からは、セックスの才能があるのではないかとまで言われた。それはさすがにないだろうが、こうやって褒められるのは、いやな気分ではない。

何度か縦に撫でたあと、俺は指先を秘唇の合わせ目にあてがった。その部分では、すでに肉芽が硬くとがっていた。そっと触れただけで、和美はびくんと体を震わせる。

「か、感じるわ、狭間くん。すごく、いい……」

「うれしいです。先生に感じてもらえて」

俺は指先を回転させるようにして、和美の肉芽をこねまわした。口からもれる和美の声が、徐々にやるせないものに変わっていく。

「ストップ。ストップよ、狭間くん。これ以上されたら、おかしくなっちゃう。あとはホテルで、お願い」

俺は和美の秘部から指を引っ込め、スカートの裾をもとに戻してやった。当然ながら、俺の股間はもう爆発寸前という状態になっていた。

4

ホテルの部屋に入ると俺たちはしっかりと抱き合い、唇を合わせた。和美は躊躇する様子もなく舌を突き出してきた。俺はもちろん自分の舌をからめた。濃厚なキスをする。

　唇を離すと、俺は即、床にしゃがみ込んだ。スカートをまくりあげ、和美のふともも
に抱きつく。量感たっぷりの白いふとももを撫でていると、その心地よさに陶然となる。

「狭間くん、ほんとに好きなのね、ふとももが」

「だれのでもいいってわけじゃありませんよ。先生のふともも、すごくセクシーです」

「ああ、狭間くん」

　和美は俺の頭をそっと撫でてくれた。

「先生、スカートの裾、持ちあげてください。俺にあそこが見えるように」

「こう？　これでいい？」

　和美は言われたとおりにし、俺の目の前に秘部があらわになった。左右のふとももの間に顎《あご》を突っ込むような形で、俺は秘唇に舌を伸ばした。少し苦しい体勢だが、和美が感じてくれるのならなんでもない。縦に何度か淫裂を舐めあげたあと、とがらせた舌先を肉の蕾《つぼみ》にあてがう。

　肉芽はすでに硬化していた。つんつんとつつくようにしたあと、舌先を回転さ

せた。ぴちゃぴちゃという淫猥な音に、和美の悩ましいうめき声が混じる。

「すてきよ、狭間くん。あなた、とってもじょうず。ううん、ああ……」

俺はさらに舌に力をこめた。どうせなら、このまま和美をいかせてみたい。そう考えたのだ。だが、和美から注文が入る。

「狭間くん、お願いがあるの。お豆ちゃんを舐めながら、あそこに指を入れてくれないかしら」

お豆ちゃんというのは、どうやらクリトリスのことらしい。俺はいったん口を離して顔をあげた。

「指を入れるんですか」

「私、お豆ちゃんのほかにもう一つ、感じるところがあるの。試しにまず指を入れてみて」

和美の言葉に従い、俺は右手の中指を肉洞に突き入れた。ここにペニスが入る様子が想像され、ぶるっと体が震えた。ぬめぬめとした感触が快い。

「少し奥の天井の部分に、襞があるの、わかるかしら」

俺は指の腹で、肉洞の天井を探った。そこには確かに細かい肉襞があった。

「あっ、そう、そこよ。そこを指で撫でてもらえると、すごく感じるの。できればお豆ちゃんと一緒に」

「わかりました。やってみます」

俺は肉洞に指を収めたまま、舌で肉芽への愛撫を再開した。指を前後させて、こそげるように肉襞を撫でる。

「ああっ、す、すごいわ、狭間くん。これよ、これ。ああ、もう最高……」

和美の見せる反応は普通ではなかった。体をぶるぶると震わせ、甲高い喜悦の声をあげる。

指と舌に、俺はさらに力をこめた。前後させている指が自分のペニスのように思えてきて、股間の突っ張りはさらに激しくなる。

「駄目。いくわ、狭間くん。私、ああっ」

和美は、がくん、がくんと大きく全身を痙攣させた。絶頂の到来らしかった。

俺の顔と指をはねのけるようにして、そのまま床に崩れ落ちてくる。

俺は和美の体をしっかり抱きとめた。和美も両手で俺に抱きついてきた。荒い息を、俺の右耳に吹きつけてくる。

五分ほどが経過し、ようやく和美の呼吸がおとなしくなった。少し顔を離して、恥ずかしそうに言う。

「ごめんなさい。私、夢中になっちゃって」

「いやあ、うれしかったですよ。先生がすごく感じてくれたみたいで」

「感じたなんてもんじゃなかったわ。おとなしそうな顔して、あなた、これまでどんな経験をしてきたの？」

俺の性的な体験といえば、これまでは祥子だけだ。祥子が教えてくれたことが、役に立ったということだろう。とはいえ、きょう和美が感じてくれたのは、彼女自身が教えてくれた肉洞の天井にある肉襞を刺激したせいかもしれない。

これはおばさんにも試してみる価値があるな……。

俺は祥子の顔を思い浮かべた。彼女が息子のところへ行ってしまったため、俺は和美に声をかけてみる気になったのだ。ある意味で、和美とこういうことになれたのは、祥子のおかげとも言える。

「お待たせしちゃったわね。さあ、今度は狭間くんの番よ」

祥子は立ちあがって靴を脱ぎ、まくれあがっていたスカートを脱いだ。これで下半身は裸だ。上に着ていたものも、そそくさと取り去っていく。

俺も立ちあがり、制服の上着とワイシャツを脱いだ。下着のシャツも取り去り、ズボンを脱ぎかける。

「あっ、待って。私にやらせて」

すっかり裸になった和美が、俺の足もとにひざまずいた。まず俺の靴と靴下を脱がせてから、先ほど面談室でしてくれたのと同じように、ベルトをゆるめ、ズボンとトランクスを引きおろした。そのまま足首から抜き取ってしまう。

「相変わらずすごいのね、狭間くん」

俺のペニスは天を突いていた。下腹部に、ほとんどぴたっと貼りついている。

和美は迷わず肉棒を頬張った。すぐに首を前後させ、猛烈な刺激を加えてくる。

「ううっ、先生。き、気持ちいい」

先ほどの射精から一時間程度はたっているため、俺はすぐに射精感を覚えた。このまま続けられたら、また口に放ってしまいそうだ。

それに気づいたわけでもないのだろうが、やがて和美は動きを止め、ペニスを口から解放した。

「ああ、もう駄目。我慢できないわ。早くこれが欲しい」

和美は立ちあがり、メイクしてあったベッドを崩すと、白いシーツの上に身を横たえた。豊かな乳房が、ゆさゆさと揺れている。

「来て、狭間くん」

「はい、先生」

俺もベッドにあがり、和美の右側に横たわった。和美と唇を重ねながら、右手で胸のふくらみを揉んだ。クラスメートの男子たちを魅了してやむことのない豊かな乳房だ。まだ十分に張りがあり、弾力が手に心地よい。

「ねえ、もう待てないの。入ってきて、私の中に」

俺は右膝で和美の脚を割り、その間に入った。下腹部におりてきた和美の右手が、完全にいきり立ったままの俺のペニスを握る。

「すごいわ。狭間くんのこれ、こんなに硬い」

「先生がすてきだからですよ。決まってるでしょう?」

「ああ、狭間くん」

和美の引きに合わせて、俺は腰を進めた。張りつめた亀頭が淫裂を割り、そのまま肉棒全体が、するっと和美の体内に飲み込まれる。

祥子の体でもう何度も味わっているとはいえ、挿入はやはり大きな快感だった。陶然となるのと同時に、いつかママの中にも入ってみたいという強い思いが湧いてくる。

やっぱりほかの人じゃ駄目だな。俺はママが好きなんだ。ああ、ママ……。

ママのやさしい笑顔を思い描きながら、俺は腰を使いだした。先ほど俺が指で愛撫した、肉洞の天井にある肉襞が、今度は俺のペニスを刺激してきた。そろそろ限界に近い。

「入ったのね、狭間くん。あなたのオチ×チンが、私のオマ×コに」

祥子のときにも感じたことだが、この四文字言葉は不思議に淫靡《いんび》な響きを持っていた。いつかママにもこんなことを言わせてみたいなどと思いながら、腰の動きを速めていく。

「もう私は十分に感じさせてもらったわ。だから、今度はあなたが目一杯、気持ちよくなってちょうだい。好きに動いて、いつでも出して」

和美の許可を得た俺はいちだんと激しく腰を振り、間もなく頂点にのぼり詰めた。煮えたぎった欲望のエキスが、和美の肉洞の奥に向かってほとばしっていく。

そのとき脳裏に浮かんでいたのは、やはり大好きなママの笑顔だった。

第四章　義理の息子　克彦《かつひこ》二十歳

1

それにしても驚いたわね。あそこまで感じさせてくれるなんて……。

シティーホテルの一室から教え子の狭間祐平を送り出し、私はソファーに座ってひと息ついた。シャワーを浴びたあとなので、まだ何も身にまとっていない。

教師になって二十二年目、生徒に抱かれるのは私にとってもうルーティーンのようになっている。

ほとんど経験のない、ウブな高校生が夢中になって抱きついてくるのが、たまらなくかわいいのだ。セックスとして楽しめるかどうかなど、さしたる問題ではない。彼らがあっという間に果ててしまう姿を見るのが、これまではすごく好きだったような気がする。

だが、きょう相手をした狭間祐平は少し様子が違っていた。まだ幼さの残った顔をしているくせに、とにかく愛撫がうまいのだ。抱きしめ合ったあと足もとにひざまずいた祐平に、立ったままいかされたときには、ほんとうにびっくりした。生徒に抱かれる際は、一度限りと決めていた私だが、祐平とは次の約束もしてしまった。あの子と会えば、少なくとも私は性的に満たされるのだ。しばらく付き合ってみるのもいいかもしれない。

一部上場企業に勤める夫は、三年前から神戸へ単身赴任中。義理の息子の克彦も大学生になってしまったので、私はけっこう気楽な立場だ。克彦もいまはワンダーフォーゲル部の合宿中のため、食事の心配をする必要もない。今夜はここに泊まろうと、最初から決めていた。

自分の夕食はあとでルームサービスでもとることにして、私はスマホを取り出した。通話記録を呼び出し、慣れ親しんだ名前をタップする。

「あっ、沙也香《さやか》?」

——和美ね? そろそろかかってくるころなんじゃないかと思ってたわ。

相手は西谷《にしたに》沙也香。女子大時代からの親友だ。もう四半世紀の付き合いになるが、いまでも週に何度かは電話で話し、月に一度は会って飲んでいる。

「きょうまた生徒の相手をしたのよ」

——聞かせて。今度はどんな子?

「担任をしてる子なんだけど、かわいい顔してるくせに、この子がけっこうなテクニシャンでさ」

――あら、今回は童貞を奪ったわけじゃなかったのね。

年に何人かの生徒と関係を結んでいるが、未経験の子が圧倒的に多い。性の悩みを打ち明けてきたところで、相手をしてやることがほとんどだからだ。今年もすでに二人の子の童貞をいただいている。

「あまりにも感じさせてくれちゃったから、ちょっとびっくりなのよ。思わずまた会いましょう、なんて言っちゃったわ」

――へえ、すごいじゃないの。まあ、克彦くんもけっこううまくなってるから、最近は私もいかされちゃうことが多いけどね。

義理の息子の名前が出てきた。そう、私と沙也香の間には秘密がある。

二年ほど前だっただろうか、克彦が受験生だったころ、私はあの子の部屋で精液にまみれた自分のパンティーを見つけた。部屋の屑籠《くずかご》に放り込まれていたティッシュなどから、あの子がオナニーをしていることは知っていたが、欲望がかなり切迫したものになっている気がして、私は焦った。

そこで親友の沙也香に相談すると、沙也香はなんの躊躇もなく、私が彼の欲望を鎮めてあげるわ、と言ってくれたのだ。

もちろん私に頼まれたなどとは言わずに、沙也香は見事に克彦を誘惑してくれた。私が一泊で高校のクラス会に行くと言って家を留守にし、その間、克彦の食事の世話をしてもらうという名目で、沙也香に泊まりに来てもらったのだ。

それからホテルへ行ったり、沙也香の家を使ったりしながら、沙也香は週に一度は克彦と会ってくれていたらしい。その結果、欲望に悩まされることもなく、克彦は無事に第一志望の大学に合格できたのだ。二人の関係は、回数こそ減ったものの、いまだに続いているのだという。

──ねえ、まだその気にならない？

唐突に、沙也香が問いかけてきた。

「なんの話？」

──克彦くんのことに決まってるじゃないの。けっこう格好いいのに彼女もできないなんて、不思議だと思わない？

「それは、あなたが満たしてくれてるから……」

──ううん、違うわ。彼、いまでもあなたが欲しくてたまらないのよ。

沙也香からは、もう何度も言われていることだった。精液まみれのパンティーを見つけたとき、私は克彦の欲望が私に向けられているとは思わなかった。性的な欲望がつのり、女性の下着に興味が湧いた結果、私のパンティーを陵辱したものと思ったのだ。

だが、克彦は沙也香と関係を持った際、ぼくはずっとママが欲しかった、と告白したらしいのだ。その話は、もう何度も沙也香から聞かせてもらっている。聞くたびに私は刺激され、いつかは克彦に抱かれてみたいと思うようになったのだが、実際にはまだ何もできていない。

——いいこと教えてあげるわ。最後に克彦くんに会ったのは二週間ぐらい前だったんだけど、そのとき、彼とプレイをしたのよ。

「プレイ?」

——私がね、和美になってあげたの。

「どういうこと?」

——確かに私たちは二年前からそういう関係になってるし、会えば普通に抱き合ってるけど、彼は絶対、あなたを抱いているつもりで私とセックスをしてるに違いないのよ。

これももう何度も聞かされている話だが、ずきんと胸に響く言葉だった。克彦が私を抱きたがっている。そう考えただけで、子宮の奥が熱くうずいてくる。

——だからね、このあいだは私をママだと思っていいのよ、って言ってあげたの、彼に。もちろん、心の中ではいつもそう考えてたはずだけど、実際にママって呼んでもいいって話したのよ。

「そ、それで？」

——すごく喜んでたわ。普段は私のことをおばさんって呼んでた彼が、ママ、ママって言いながら、突進するみたいに抱きついてきたんだもの。

「ああ、沙也香……」

私はたまらなくなり、気づくと右手を股間におろしていた。中指の先で触れてみると、秘唇はすでに潤いを帯びていた。淫裂に沿って縦になぞっているだけで、あとからあとから蜜液が湧き出てくる。

——あなたも知ってるとおり、私、普段は克彦くんって呼んでるんだけど、そのときはちゃんと呼び捨てにしてあげたわ。あなたと同じように、克彦、ってね。

「す、すごいわ、沙也香。なんだか私も、克彦に抱かれてるみたいな気分になってきた」

——そうよ、和美。そろそろちゃんと考えてあげなくちゃ。克彦くんだって、最終的には彼女を作って結婚もしなくちゃいけないいんだろうけど、いまはあなたに夢中でいいんじゃない？

まだ沙也香にも話していないが、私がこれまで克彦に抱かれることをためらってきた理由の一つは、私のほうが夢中になってしまいそうな気がしていたからなのだ。いま沙也香が言ったように、克彦だっていつかはきちんと恋をして、普通に結婚もしてほしい。私自身が積極的になったのでは、克彦を縛ることになる。それがいやだったのだ。

「沙也香、いまだから言うけど、私、怖いのよ。あの子に抱かれたりしたら、私のほうが夢中になってしまいそうで」

——いいじゃないの、それで。

「でも、克彦から自由を奪うことになるわ。あの子の恋愛の邪魔をすることになるんじゃないかしら」

——考えすぎよ、和美。あなたも普通に恋をしてると思えばいいのよ。

「恋？」

——そうよ、恋。一生、ずっと燃え続ける恋なんてありはしないわ。ある程度は続くかもしれないし、あるいは一瞬かもしれない。燃えあがったときに愛さないで、どうするのよ。もったいないわ、そんなの。すてきじゃないの、大好きな義理の息子と恋をするなんて。

確かにそうかもしれない、と私も思った。私はいま間違いなく克彦を愛しているのだ。それはもちろん義理の母親としての愛情だろうが、そこに恋の要素があることは否定できない。

「そうね。たぶん沙也香の言うとおりだわ。私はいまあの子と恋をしてるんだと思う」

――ふふっ、ようやくその気になってきたみたいね。そうと決まれば早いほうがいいわ。さっそく誘惑しちゃいなさいよ、克彦くんを。

「うーん、そう言われても、きっかけがねえ」

――何言ってるの。彼の部屋へ入っていって、ママを抱いてちょうだいって言う。それだけで十分よ。

「で、できるかしら、そんなこと」

――できるわよ。決まってるでしょう？　さっさとズボンを脱がせて、あれをくわえちゃうといいわ。彼、フェラが大好きだから。

「そうなの？」

——最初のときにしてあげたせいかもしれないけど、お口でしてあげると、すごく喜んでくれるのよ。このあいだ会ったときは、ママって叫びながら、まず一度、お口に出しちゃったし。

「ああ、沙也香」

私は中指の先を秘唇の合わせ目にあてがった。すでに硬度を増してきたクリトリスに蜜液をなすりつけるように、ぐりぐりとこねまわす。そうしながら、克彦のペニスを口に含む自分の姿を想像してみた。うっとりとした表情を浮かべる克彦の顔も、はっきり思い浮かべることができる。

——和美、もしかして、自分でしてる？

「ご、ごめんなさい。実はそうなの」

——かまわないわ。もっと気持ちよくなりなさい。克彦くんとのこと、私は勝手に喋るから。

沙也香とは、ほんとうになんでも話し合える仲だ。学生時代にも、お互いの性体験を話しながら、ダブルオナニーをしてしまったことがあった。あれから二十五年の間に、何度か同じことをしている。

——克彦くん、とにかくフェラが大好きなの。体位では、けっこうバックが好きよ。でもね、これはその格好が好きっていうよりも、私の顔が見えなくなるから感じるんだと思うの。つまり、いちだんとあなたを抱いてる気分になれるんでしょうね。

今度は克彦に背後から貫かれている自分の姿が脳裏に浮かんだ。できれば立ちバックがいいな、などと考えてしまう。それなら克彦が両手で、私の乳房を揉むことができるからだ。Fカップの乳房は弾力を保っているし、いまだに垂れてはいない。克彦だって、私の胸のふくらみが気になっているに違いないのだ。

——このあいだはまずフェラで、次はバック、最後に正常位で、合計三回、彼は出していったわ。どの回も、必ずママって叫びながらね。

「ああ、沙也香。私、私、もう……」

私の全身に、大きな痙攣が走った。がくん、がくんと体が揺れ、一瞬、気が遠のいたようになる。

われに返って、私はあわてて喋りかける。

「ごめんなさい、沙也香。私、ほんとにいっちゃって……」

——ふふっ、かまわないわよ。話だけでこれだけ感じちゃうんだもの、克彦くんに抱かれたら、きっと大感激するわ。

「そうね。そうかもしれない」

――成功、祈ってるわ。また電話して。

「ありがとう。じゃあ」

電話を切ったあとも、しばらくの間、私はソファーから立ちあがれなかった。

2

翌週の金曜日、私は狭間祐平と、このあいだと同じシティーホテルに来ていた。ただしきょうは、まずレストランに入ってディナーを楽しんでいる。祐平は義母に、遅くなるから食事はいらないと電話したらしい。

コース料理を頼み、私は一人で生ビールを飲んだ。旺盛《おうせい》な食欲を見せる祐平を見ていると、どうしても義理の息子の克彦のことを思い出してしまう。沙也香と話して、克彦に抱かれたいという気持ちが強くなったことは確かだった。とはいえ、実際にあの子と面と向かってしまうと、どうしていいのかわからなくなる。

沙也香は最近、克彦に会った際、自分のことをママと呼ばせて抱かれたのだという。克彦の前で、私の役をやってくれたというわけだ。それで克彦もある程度、私とセックスができたような気分になれたのかもしれない。

今夜、私は同じことを祐平とやってみようと思っていた。先生ではなく、祐平に私をママと呼ばせて抱かれるのだ。だが、沙也香の場合と違って、これは祐平のためではない。私が克彦に抱かれている気分を味わうことができるように、彼にママと呼ばせるのだ。

「ねえ、狭間くん」

「はい、なんでしょう、先生」

手の動きを止めた祐平が、じっと私を見つめてくる。その視線には、すでに熱い欲望が込められていた。見られているだけで、私の体も熱を帯びてくる。

「私とセックスしたとき、お義母様のことを考えていたんでしょう?」

「い、いや、それは……」

「いいのよ、正直に言ってくれて。はっきり言えば、お義母様のつもりで私を抱いてたんじゃない?」

少し迷っていたようだったが、やがて祐平はうなずいた。

「すみません、先生。実はそうなんです」

「謝る必要なんかないわ。あなたはお義母様にずっとあこがれてたんだもの、仕方がないわよ。だれとセックスしていたって、どうしてもお義母様としてるって気分になりたいんでしょう？」

「やっぱり大きいんですよね、ママの影響が」

このあいだから祐平は義母ではなく、素直にママと言うようになっている。

「だから考えたの。今夜はプレイをしない？」

「プレイ？」

「ふふっ、私があなたのお義母様になりきるのよ。あなたは私をお義母様のつもりでママって呼ぶの。あなたのことは、なんて呼べばいい？」

「ゆ、祐ちゃんって……」

「祐ちゃんね。わかったわ、祐ちゃん」

「ああ、ママ……」

とたんに、祐平の目が妖しく輝いた。この設定に、すっかり興奮してしまったらしい。

「本物のお義母様みたいにすてきじゃないだろうけど、私でも代わりができるんじゃないかなって思ったの」

「いや、先生は最高にセクシーです。ママにもぜんぜん負けてません」

「ありがとう。じゃあ、これから私はあなたのママよ。だから、言葉づかいも普通にして、祐ちゃん」

うなずいた祐平は、私をうっとりと眺めた。私は子宮の奥に、熱いうずきを覚える。

間もなく私たちは食事を終え、コーヒーを頼んだ。ひと口すすったところで、私はじっと祐平を見る。さあ、ここからだ。

「祐ちゃん、ママが欲しいのね?」

「えっ? そ、それは……」

「恥ずかしがらないで、はっきり言って。欲しいんでしょ? ママが」

祐平はぎこちなく首肯した。単なるプレイであるにもかかわらず、彼の頬はすでにすっかり紅潮していた。実際に義母から問いかけられたような気分になっているらしい。

「教えて、祐ちゃん。いつからなの? いつからママが欲しかったの?」

「しょ、小学生のころから、ずっとだよ、ママ。俺、ずっとママが好きだった。ほかの女じゃ駄目なんだ。ママじゃなきゃ……」

克彦がこんなふうに言ってくれたら、どんなにいいだろう。沙也香の判断が正しいとすると、うまく導いてやれば、実際にそうなる可能性もある。ただ、いまの私には、まだ息子にこんなふうに問いかけるだけの勇気はない。

「彼女とか、いないの？」

「いるわけないだろう？　ママ以外の女なんて、目に入らないんだ」

「ああ、祐ちゃん。ママだって同じよ。ママもあなたのことが大好きなの」

「ママ、ほ、ほんと？」

「もちろんほんとよ。あなたに抱いてほしいって、ずっと思ってたわ」

ここまで来れば、もうあとは流れだった。支払いを済ませ、私たちは部屋へ移動する。

「ああ、ママ」

部屋に入るなり、祐平がそう言って抱きついてきた。私と唇を重ね、自らの舌を私の口の中にすべり込ませてくる。私は腹部に、早くも硬いものを感じていた。祐平はペニスをすっかり硬くしてしまっているらしい。

長いキスを終えると、祐平は迷う様子もなく私の足もとにしゃがみ込んだ。スカートの中に両手を差し入れてきて、慣れた仕草でパンストとパンティーを足首まで引きおろす。

「ちゃんと脱がせちゃって。そのほうが楽だから」

祐平は言われたとおり、私の靴を脱がせ、足首からパンストとパンティーを取り去った。私がスカートの裾をつまんで持ちあげ、少し脚を開いてやると、祐平は私のふとももに抱きついてきた。

「最高だよ、ママのふともも。こんなに気持ちがいいなんて……」

私の脚の間に顎を突っ込むような形で、祐平は秘部に舌を這わせてきた。先日も感じたことだが、この子はとにかくうまい。慣れているとしか言いようがない。縦に淫裂をなぞったあと、祐平は舌先を秘唇の合わせ目にあてがってきた。すでに隆起しているはずのクリトリスを、これも巧妙に舐めまわしてくる。

「ああっ、いいわ、祐ちゃん。ママ、す、すごく、いい」

次の瞬間、私はぎくりとした。肉芽を舌で愛撫しながら、祐平が右手の指を肉洞に突き入れてきたのだ。先週、私が教えたことを、しっかり覚えていたらしい。また一度、私をいかせるぐらいの気になっているのかもしれない。いや、心の中では義母を感じさせているつもりなのだろう。

巧妙に舌先で肉芽を舐めまわしながら、祐平は肉洞に入れた指を前後させた。舌が一回転する間に指が一往復。一定のリズムを刻んでいる。私の快感は、すさまじいほどのものになった。もう絶頂がすぐそこまで来ているのがよくわかる。ああ、克彦にもやってもらいたい。克彦にこんなふうにしてもらえたら、どんなにいいかしら……。

祐平の愛撫は激しさを増した。ぴちゃぴちゃ、くちゅくちゅという淫猥な音が、部屋いっぱいに響きわたる。

「す、すごいわ、祐ちゃん。ママ、もういっちゃいそうよ。あなた、とってもじょうずなんだもの」

私はスカートの裾から手を放し、祐平の頭をかかえ込むようにした。脳裏には、私の秘部に舌を這わせている克彦の姿が、しっかりと映像を結んでいた。されたい。克彦にこんなふうにされたい。そんな思いが湧きあがってくるのとともに、全身がカッと熱くなる。

祐平の動きがいちだんと速まった。これでよく呼吸が続くなと思えるほど、激しく舌と指を動かしている。

「駄目。駄目よ、祐ちゃん。ママ、ほんとにいっちゃう。ああっ、か、克彦」

はっきりとそう叫んで、私は快感の極みへとのぼりつめた。がくん、がくんと大きく体が揺れ、立っていられなくなった。しゃがみ込んでいる祐平の上に、私は倒れ込んでいく。最高とも思える絶頂だった。ほとんど意識がどこかへ飛んでしまっている。

そんな私を、祐平はしっかりと抱きとめてくれた。荒くなった私の呼吸がおさまるのを待つように、そっと頬ずりをしてくれている。私のほうも、克彦に抱きしめられている気分になっていた。陶然となりながら、時をすごす。

だが、間もなく私はハッとわれに返った。最後の瞬間に義理の息子の名前を呼んだことを、鮮明に思い出したのだ。

「ご、ごめんなさい、祐ちゃん。私ったら……」

「いいんですよ、先生。実際に、義理の息子さんにされているような気分だったんでしょう?」

私がうなずくと、祐平はにっこり笑った。

「うれしいですよ。先生が本音を言ってくれて」

「ほんとにごめんなさい。あなたのママになってあげるつもりだったのに」

「十分になっていただきましたよ。俺、ずっとママのあそこのつもりで舐めてましたから。でも、先生の義理の息子さんになるのも、悪くないです。先生、感じてくれたんでしょう?」

「ええ、すごく感じたわ。私もあの子に抱かれたいんだって、はっきりわかった気がする」

祐平はまたやさしく笑って、私の体を抱きしめてくれた。

「頑張りましょうよ、先生。俺もいつか、ほんとにママが抱けるようにしますから」

「そうね。私がうちの子に抱いてもらえるまで、あなたがお相手してくれる？」

「もちろんですよ、先生。お願いしたいのは、俺のほうです」

「ああ、祐ちゃん」

私たちは唇を合わせた。やがて唇を離し、祐平が言う。

「今度は逆転ですよ、先生。俺が義理の息子さんになります。呼び方はママでいいんですね？」

「え、ええ」

「ほら、ちゃんと呼んでよ、俺の名前を」

「ごめん。自分のこと、ぼくって言ってくれる？」

祐平はうれしそうに笑みを浮かべた。

「わかったよ、ママ。ぼく、ママが欲しい。ほら、ぼくのこれ、こんなに硬くなってるんだよ」

祐平の股間は、すっかりふくらんでいた。

「あらあら、大変。ママがちゃんとしてあげるわ。立って、克彦」

素直に立ちあがった祐平の足もとにひざまずき、まず靴と靴下を脱がせた。続いてベルトをゆるめ、ズボンとトランクスを引きおろし、足首から引き抜く。

「すごいのね、克彦。あなたのオチ×チン、すっかり上を向いてるわ」

「ママのこと考えたら、いつだってこうなるよ。ママ、セクシーすぎるんだ」

「ああ、克彦」

私は右手で肉棒を握り、迷わず口に含んだ。異様なほど硬く思えるペニスに刺激を与えるため、ゆっくりと首を振り始める。

ところが、すぐに祐平から動きを止められた。

「もう我慢できないよ、ママ。早くベッドに行こう」

私が口を離すと、祐平は上に着ていたものも脱ぎ捨てて裸になった。私にも服を脱ぐように命じておいて、メイクされていたベッドを崩した。白いシーツを露出させる。

私が一糸まとわぬ姿になると、突然、祐平が私の体を抱きあげた。少し驚いたが、私はうれしかった。克彦の恋人になれたような気分だ。

祐平は私の体をベッドにおろすと、そっと唇を合わせてきた。克彦とキスしている気分で、私は陶然となってしまう。

「ママ、欲しいんだ。ぼく、いますぐママが欲しい」

唇を離すと、祐平は性急な口調で言った。

「もちろんいいわよ、克彦。ママを抱いてちょうだい」

「ぼく、バックがいいな。後ろからしたいんだ。いいだろう？」

「え、ええ、もちろん」

少し意外な気がしたが、すぐに祐平の意図を理解した。克彦が後背位を好むのは、私の顔を見えなくして、あなたと抱き合っている気分を強くするためだ、と沙也香は言っていたのだ。私に自分の顔が見えないように、と祐平は考えてくれているのだろう。これなら確かに克彦に抱かれているところを想像しやすい。

私が四つん這いになると、背後から祐平が接触してきた。

「ママ、握って。ほら、ぼくのを……」

左右のふとももの間から、私は右手を後方へ伸ばした。屹立した祐平のペニスを握り、先端を淫裂へと誘導する。

「ぼく、ママに握ってもらってるんだね」

「そうよ、克彦。ママはもうあなたのもの。来て。ママの中に入ってきて」

張りつめた亀頭を秘唇にあてがったとたん、祐平がぐいっと腰を突き出してきた。硬化した肉棒が、ずぶずぶと私の中に入り込んでくる。

「あああっ、克彦。入ったわ。あなたのオチ×チン、ママの中に入ったのよ」

「すごいよ、ママ。最高に気持ちいい」

かなりのテクニックを持っているはずの祐平だが、がむしゃらとも言える雰囲気で腰を使い始めた。これもできるだけ、私が克彦に抱かれている気分を味わえるようにと、考えてくれているのだろう。

祐平に感謝しながら、私は克彦の顔を思い浮かべた。愛《いと》しい義理の息子が、夢中になって私の体にペニスを突き入れている顔だ。

「ママ、気持ちよすぎる。ぼく、もう出ちゃう」

「いいのよ、克彦。出して。ママの中に、あなたの白いの、いっぱい出して」

猛然と腰を振り、間もなく祐平は射精した。びくん、びくんとペニスが震えるごとに、煮えたぎった欲望のエキスが私の肉洞内に噴出してくる。

「ああ、克彦……」

私はベッドにうつ伏せに崩れ落ちた。精神的に、私は間違いなく絶頂に達していた。

3

祐平と「ごっこプレイ」をしたことで、私が心の底から克彦に抱かれたいと思っていることはよくわかった。祐平もそれを理解してくれて、克彦になったつもりで私を抱いてくれたのだ。

すぐ沙也香に電話して、祐平とのプレイについて話した。沙也香の反応は予想どおりだった。

――ごっこなんかじゃ駄目よ。実際に克彦くんに抱かれないと。

もうわかっていることだった。沙也香によれば、克彦のほうは十分に準備ができているはずなのだ。私が勇気を出しさえすれば、すぐにでも私たちは男と女になれる。

やるしかない……。

土曜日の晩、そう決意して夕食の時間を迎えた。二人で食事をしながら、話をその方向へ持っていこうと考えたのだ。だが、駄目だった。心の内ではそう決めているのに、目の前の克彦を見ているだけで体は燃えるように熱くなっているというのに、いざとなると言葉が出てこないのだ。

結局、何もできないまま食事が終わり、入浴も済ませて深夜になってしまった。布団にもぐり込んではみたものの、克彦の顔が目に浮かんできて、このままではとても眠れそうにない。

あの子、まだ起きてるわよね。いまなら話せるかもしれない……。

そう決意して、私は起きあがった。あの子の部屋がある二階に向かって、少しぎしぎしと鳴る階段をあがっていく。主人の両親の家を受け継いだものなので、造りは古いし、リビングを除けばすべてが和室だ。決して使いやすい家ではないし、そろそろ建て替えも考えなければならないだろう。

階段をのぼり終え、克彦の部屋の前に来たとき、私はハッとなった。ふすまの向こうから、くぐもったような克彦の声が聞こえてきた気がしたのだ。ふすまに顔を寄せ、じっと耳をすます。

「うぐぐ、ああ、ママ……」

ママ？　克彦は確かにそう言った。胸をどきどきさせながら、私はふすまに手をかけた。音をたてないように注意しつつ、十センチほど開けてみる。

まあ、克彦ったら……。

私の全身がぶるっと震えた。赤い電球だけがついた部屋で、布団に横たわった克彦は、左手で何かを顔に押し当てながら、右手でそそり立ったペニスを握っていたのだ。じっと目を凝らすと、克彦の左手にあるものには見覚えがあった。入浴する前まで、私がはいていたパンティーだ。克彦が洗濯機から持ち出してきたに違いない。

「す、好きだよ、ママ。ああ、ママ……」

私は着ていたナイティーの前ボタンをいくつかはずし、そこから右手を差し入れた。パンティーの上に這わせた指を上下にうごめかしていると、あっという間に淫水がしみ出てきた。ぬるぬるする薄布の上から、さらに指を使う。

「出ちゃうよ、ママ。ぼく、もう駄目だ。ママのオマ×コに、出していいの？」

「もちろんいいわよ、克彦」

私は思わず声をあげていた。

ハッとしたように手を止めた克彦が、あわてて布団の上に起きあがる。

「ママ、ど、どうして……」

私はふすまを全開にして部屋に入った。克彦の目の前の布団の上に腰をおろす。

「待たせちゃってごめんね、克彦。いいのよ。あなた、ママを抱いていいの」

「ママ、ぼく……」

克彦は、どうしていいかわからないようだった。それでも手に持っていた私のパンティーを、背中のほうに隠そうとする。

「それ、出しなさい、克彦」

「えっ？　でも……」

「いいの。もうわかってるんだから。あなた、ときどきママのパンティーを持ち出して汚してたものね」

「ごめん、ママ。ぼく、つい……」

おどおどした様子で、克彦がパンティーを差し出してきた。それを受け取り、私は首を横に振る。

「謝る必要なんかないわ。ママのほうが悪いんだから」

「ママは悪くなんかないよ。ぼくが勝手に……」

「ううん、全部、ママが悪いの。洗濯機の中に、初めてあなたが汚したパンティーを見つけたときは、ショックだったわ。ちょっとパニックになってしまって、沙也香に相談したのよ」

克彦がぎくりとした。沙也香との関係を、私が知っているのかもしれないと思ったのだろう。ここはすべて正直に話すしかない。

「ママはね、あなたの欲望が強くなって、女性の下着に興味が湧いてきたんだろうって思ったの。沙也香、すぐに言ってくれたわ。克彦くんの欲望は私が鎮めてあげるって」

「ママ、それじゃ、ぼくと沙也香おばさんのこと……」

「知ってたわ。べつに頼んだわけじゃないんだけど、結果的にそういうことになってしまったの。沙也香には感謝したわ。大事な受験の時期に、あなたが変な欲望に悩まされなくて済むだろうって思ったから」

克彦は、ややうつむき加減で私の話を聞いていた。だがすぐに、その視線がちらちらと私の胸に注がれていることに気づいた。沙也香によれば、克彦は私の乳房にあこがれを抱いているのだという。

私はすっくと立ちあがり、前ボタンをはずしてナイティーを体からすべり落とした。淡いピンクのキャミソールと、同色のパンティーだけの姿になって、ふたたび克彦の前に座り込む。

今度ははっきりと、克彦は私の胸を見つめてきた。キャミの薄い生地の下で、Ｆカップの乳房が揺れている。

「克彦、沙也香に言ってくれたそうね。ママが欲しかった、って」

「うん。小五のときに、海でママの水着姿を見てから、ずっと夢中だったよ」

「そんなに前から？」

うなずいた克彦は、私の顔と乳房に交互に目をやっている。

「海水浴から帰った日の晩に、ぼく、ママの夢を見ながら出しちゃったんだ」

「夢精したのね」

「うん。最高に気持ちよくて、起きたらパンツがべとべとになっててびっくりしたけど、あのときからママのことがもっと好きになったんだ」

好きという言葉が、私はすごくうれしかった。沙也香も言っていたが、克彦は私に欲望だけを感じているわけではない。私だって同じだ。これは恋愛と言ってもいいものだろう。

「沙也香と経験して、どうだった？」

「そ、そりゃあ気持ちよかったよ。ママが留守の晩にしてもらって、なんだか夢を見てるみたいだった」

私ははっきりと沙也香に嫉妬《しっと》を感じた。最初から私が相手をしてあげていれば、克彦が沙也香と関係する必要もなかったのだ。この子の初めての女にも、ほんとうは自分がなりたかった。そんな思いもある。

「でも、すぐに気づいたんだ。確かに気持ちはいいんだけど、沙也香おばさんが相手じゃ、やっぱり虚しいって」

「虚しい?」

「だって、ぼくはずっとママのことしか考えてこなかったんだから」

「ああ、克彦」

私は思わず克彦の肩を抱いていた。克彦も私の背中に手をまわし、そっと抱き寄せてくれる。

「二度目のときから、ぼく、もう想像してたんだ。ぼくがいま抱いてるのは沙也香おばさんじゃなくて、ママなんだって」

「そうだったの?」

「うん。おっぱいはママのほうが大きいけど、背の高さは同じくらいだし、そういう気分になるのは簡単だったよ。ママの中に出せるんだと思うと、すごく興奮したし」

ママの中に出せる……。胸にずーんと来る言葉だった。子宮の奥も、熱くうずいてくる。

「出すとき、心の中ではいつも『ママ』って叫んでたから、注意しなくちゃならなかったんだ。おばさんを『ママ』なんて呼ぶわけにはいかないからね」

「そう。いつも叫んでくれてたの」

「うん。おばさんもぼくの気持ちがわかったらしくて、このあいだ言ってくれたんだ。きょうは和美のつもりで私を抱いていいわよって」

「どうだった？」

「最高だったよ。とうとう『ママ』って叫びながら出せたし」

その話は私も聞いていた。私も祐平と同じことをしたのだ。祐平のママになってあげるつもりが、最後はなぜか彼が克彦になってくれて、私もそれなりに楽しむことができた。とはいえ、やはり虚しさはあった。プレイはあくまでプレイでしかないのだ。

「でも、やっぱりママじゃなきゃ駄目だよ、ぼく。どんなに気持ちよくても、相手はママじゃないと……」

「ああ、克彦」

　私はあらためて克彦を抱きしめ、唇を求めた。ややぎこちない動作ではあったが、克彦も応じてくれた。唇を重ね、私が舌を突き出すと、克彦もそこにおずおずと自分の舌をからめてきた。私の中で、克彦に対するいとおしさがつのる。

「もう駄目。ママのほうが我慢できない」

　唇を離すと私は克彦を寝かせ、脚を開かせた。その間にうずくまり、股間に顔を近づけていく。ペニスは完璧なまでに勃起し、亀頭が下腹部に貼りついていた。右手でそっと肉棒を握り、先端を自分のほうへ向け直した。口を開け、そのまますっぽりとくわえ込む。

「うわっ、ああ、ママ」

　克彦は感動の声をあげたが、感激は絶対に私のほうが大きかったと思う。義理の息子の、いま私が一番愛している男のペニスを、私は口に含んだのだ。いちだんと胸を熱くしながら、私は首を振り始めた。首が一回往復するごとに、克彦に対するいとおしさがつのってくる。

「だ、駄目だよ、ママ。ぼく、出ちゃいそうだ」

　いいわよ、と私は心の中で叫んでいた。克彦の精液を、口で受け止めるつもりになっていた。だが、すぐに考えが変わった。この子は私の体の中に出したがっているのだ。まずはその思いを叶《かな》えてやらなければならない。というより、私のほうが、一刻も早く克彦と一つになりたいと思ったのだ。

私は肉棒を解放し、すっくと立ちあがった。キャミはそのままにして、パンティーをするするとおろす。

そんな私を、克彦は呆気にとられたように見つめていた。それでもその視線には、間違いなく憧憬の念が含まれている。

私は克彦の腰のあたりをまたいだ。お尻を落としながら、右手であらためてペニスを握った。布団に膝をつくころには、亀頭の先がぴたりと淫裂にあてがわれていた。

「さあ、入るのよ、克彦。あなたのオチ×チン、これからママのオマ×コに入ってくるの」

「ああ、ママ」

自然な動作で、克彦は両手を伸ばしてきて、私の乳房にあてがった。キャミソールの生地ごと、強く揉み込んでくる。

私はお尻をすとんと落とした。克彦の肉棒は、するっと肉洞の中にすべり込んできた。その充実感に、私は圧倒される。

「す、すごいわ、克彦。あなたのオチ×チンで、ママのオマ×コがいっぱいになってる」

「最高だよ、ママ。気持ちよすぎる。入ってるんだね。ぼく、いまママのオマ×コに……」

「そうよ、克彦。ああ、克彦」

私は腰を使いだした。上下に動くというよりも、前後させるという感じだった。それでも十分に、克彦のペニスは私の肉洞にこすられる。

「だ、駄目だ、ママ。ぼく、もう……」

「いいのよ、克彦。出して。ママのオマ×コに、全部出して」

克彦のペニスが、射精の脈動を開始した。熱い精液が飛び出してくるのを、私は体の奥で実感した。五発、六発、と噴射は続く。

肉棒がおとなしくなったところで、私は克彦に体を預けた。二人の心臓の鼓動が、まるでハーモニーのように心地よく響いていた。

「好きだよ、ママ。ぼく、ママが好きだ」

私の耳もとで、克彦がささやいてくれた。

「ママもよ、克彦。ママもあなたが大好き」

「ああ、ママ」

私たちは、しっかりと唇を合わせた。

第五章　友人の姉・令佳《れいか》十九歳

1

西木《にしき》剛《つよし》はうちから徒歩十分くらいのところに住んでいて、中学のときからの友だちだ。同じ高校に進み、いまもクラスメートになっている。親同士も仲がいいので、以前は二家族合同で旅行へ行ったりもしていた。

剛とは気楽な関係で、けっこうなんでも話してきた。中学時代から、話題の中心はやはりセックスだったが、お互いに意外な共通点があることがわかり、さらに仲よくなったという経緯がある。

俺にとってあこがれの女性といえば、なんといってもママ、義母の文佳だ。中二のときだったと思うが、俺がその話をすると、実は俺も、と剛が言いだしたのだ。彼の場合、女性として強く意識していたのは、二つ年上の姉、令佳だった。

俺たちが中学に入ったとき、令佳は同じ中学の三年にいた。その美しさは際立っていて、ママという存在がありながら、俺も憧憬の念に駆られた。付き合うのなら令佳のような女性がいいなと思ったものだったし、その気持ちはいまも変わっていない。

俺はママに、剛は姉に、いつか告白できたらいいのにな、といつも話し合ってきた。関係を進めようとするならば、まずは気持ちを伝えなければならない。だが、俺に関していえば、なかなかそういう場面は想像しにくかった。おかしなことを言って、ママに嫌われてしまうのが怖いのだ。

剛もそれは同じで、告白することはできず、ただひたすらオナニーにふけっていたらしい。ところがきのう、剛が俺に言ったのだ。とうとう姉さんに気持ちを打ち明けた、と。

「もう、このままじゃどうにもならないと思ってさ、とにかく言ってみようって気になったんだ」

「すげえな。どこで?」

「寝る前に、姉さんの部屋へ行ったんだ。突然だったからびっくりしてたけど、俺、必死で言ったよ。姉さんが好きだ、ってな」

剛は偉いな、と俺は感心した。俺だって言いたい。ママが好きだ、って。でも、どうしても言えない。ママの反応が恐ろしいのだ。とんでもない話だと怒るかもしれないし、あるいは呆《あき》れてしまう可能性もある。どちらにしても、そうなれば一緒に暮らしていることもできなくなるだろう。

「お姉さん、なんて言った？」

「返事なんか待ってる余裕、あるわけないだろう？　言うだけ言って、すぐに部屋を飛び出してきたさ」

気持ちはわかる。剛だって、令佳の反応が怖いのだ。とはいえ、思いはたぶん伝わっただろう。いずれ令佳から何か言ってくるはずだ。

そしてきょう、俺は剛から驚くべき報告を受けた。令佳が剛の前でパンティー一枚の姿になってくれて、見ながらオナニーすることを許してくれたというのだ。

「す、すごいな、剛。やったのか、おまえ」

「ああ、もちろん。最高だったよ。姉さんのおっぱいとかお尻とか、まともに見ながら握れたんだからな」

俺は想像した。下着姿になったママを前に、いきり立ったペニスを握っている自分を。考えただけで、体に震えが来た。

「令佳さんのおっぱい、けっこう大きいよな」

「Eカップだって言ってた。それが目の前でゆさゆさ揺れてるんだぜ。たまらねえよ」

「さわらせてくれって、頼まなかったのか?」

「頼んださ、もちろん。少し考えてたみたいだったけど、姉さん、すぐに首を横に振ったよ。まだ駄目よ、ってな」

「まだ? まだって言ったのか? ってことは、いつかさわらせてくれるって意味なんじゃねえの?」

「俺もそう思ったから、期待してるんだ。これから毎日、させてくれるって約束したしな」

「毎日?」

うなずく剛に、俺は羨望を覚えた。たとえ触れることはできなくても、剛は今後、いつでも姉の体を見ながらオナニーすることを許されたのだ。

「それでさ、祐平にも少しだけ、いい思いをしてもらおうかな、って考えたんだけど」

突然の提案に、俺はとまどった。剛が何を言いたいのか、まったく予想もつかない。

「俺の部屋にクローゼットがあるの、覚えてるだろう?」

「クローゼット？　ああ、そういえば、あったな」

「うちはもう古いから、けっこう歪《ゆが》んでる部分があってさ、中から部屋がのぞけるんだ」

「ちょ、ちょっと待てよ。何言ってるんだ、おまえ」

「だから、おまえはうちへ来て、クローゼットの中に隠れるんだ。姉さんが服を脱いだところ、中からのぞかせてやろうかと思ってさ」

さすがにびっくりした。ママのレベルには及ばないが、令佳は俺にとってもあこがれの女性なのだ。あの体が見られると思っただけで、股間が熱くなる。

「いいのか？　おまえが握るところなんか、のぞかせてもらって」

「おまえとは一緒に風呂《ふろ》に入ったりもした仲だからな。べつに恥ずかしくはねえよ。おまえだって、俺のチ×ポなんか見る気はねえだろう？　姉さんの体が目の前にあるんだから」

「あ、ああ、もちろん」

「だったら、さっそくきょう来いよ。姉さんが帰ってくるのは六時ごろだから、おまえはその直前にクローゼットに隠れればいいさ」

剛のところは夫婦共働きだ。普段、両親は七時すぎまで戻ってこない。つまり六時から七時まで、剛は姉と二人きりの時間をすごすことができるのだ。

俺は話に乗った。ママには少し帰りが遅くなるからとLINEを入れておいて、剛の家に寄ったのだ。

2

何度も遊びに来ている家なので、勝手はわかっていた。だが、クローゼットに入るのは、もちろん初めてだった。確かにところどころに歪みができていて、試しに中に入ってのぞいてみると、隙間《すきま》から室内が見えた。

「姉さんをベッドにあがらせて、俺は床に座ってオナるからさ。たぶん邪魔にならないで、姉さんの体が見えると思うぜ」

「それはありがたいな。でも、おまえ、よくこんなことまでさせてくれる気になったな」

「祐平、なかなかお義母さんに告白もできないんだろう？　先行しちゃって、ちょっと悪いなって思ってたんだ。おまえと話してなけりゃ、俺だって姉さんにコクったりできなかった。まあ、せめてものお礼だよ」

礼を言いたいのは俺のほうだった。こんな女性なら付き合いたいなと思っていた令佳の裸に近い姿を、これから見ることができるのだ。

六時少し前に、玄関のドアが開閉する音がした。令佳が帰ってきたのだ。俺はあわててクローゼットに入った。カバンと、靴の入った大きめのレジ袋を脇《わき》に置き、隙間から部屋の中に視線を送る。

いったん自分の部屋に戻ることもなく、令佳は直接、剛の部屋にやってきたようだった。まだ外出着のままだ。ミニ丈のスカートがよく似合っていて、露出したふとももが悩ましい。

「すぐするんでしょう？」

「あ、ああ、頼む」

「あなたも脱いで。私だけ脱ぐのは恥ずかしいから」

剛はうなずき、ウエストに手をやった。部屋着のスエットパンツとブリーフを、さっさとおろしてしまう。

「わおぅ、もうそんなに大きくしちゃってるんだ。びっくりね」

「当たり前だろう？　姉さんのこと考えたら、俺、いつだって……」

こちらからは見えないが、剛のペニスは天を突いていることだろう。

令佳は上着を脱ぎ、すぐにスカートをおろした。続いてブラウスのようなものを取り去り、薄手の黒いパンストをするすると引きおろした。あらわになったふとももはたっぷりと量感をたたえていて、まるで雪のように白かった。俺の股間が反応し、ペニスがむくむくと鎌首をもたげてくる。

背中に手をまわしてホックをはずした令佳は、ブラジャーを床に落とした。これでもう彼女の体に残されているのは、淡いピンクのパンティー一枚だけだ。

「姉さん、ベッドにあがってくれるかな。きのうと同じように」

「いいわよ」

弟に言われたとおり、令佳はベッドにあがった。剛という障害物がなくなり、これで俺にも令佳の体がすっかり見通せるようになった。Eカップだという乳房は、かなり豊かだった。令佳が動くたびに、大きくゆさゆさと揺れる。

「ああ、姉さん」

剛は床にしゃがみ込み、右手でしっかりペニスを握ったようだった。すでにこすり始めている。

「教えて、剛。いつからなの？　いつから私のこと、そんなふうに見てたの？」

「最初からだよ。俺、自分でするとき、姉さん以外の女の体を思い浮かべたことなんか一度もないもん」

「まあ、剛ったら……」

弟の言葉を聞いて、令佳はなんとなくうれしそうだった。その目がまっすぐ剛の股間に向けられているのが、俺にもよくわかる。

「そういえば、よくいたずらしてたわよね、私の下着」

中学のころ、オナニーのときに俺はママの、剛は令佳の下着を使うことを、お互いに打ち明け合っていた。俺たちには、それがごく自然なことに思えたのだ。

「ごめん。姉さんの下着にさわると、姉さんの体のさわったような気分になれたんだ。だから、俺、我慢できなくて……」

「謝る必要なんかないわ。べつにかまわない。あなたぐらいの男の子の気持ちは、わかってるつもりだから」

俺はあらためて剛に羨望を覚えた。ずっとあこがれきた女性、おそらくこの世で一番好きな女性が、目の前で裸に近い格好になってくれて、しかも理解ある言葉をかけてくれているのだ。

ママがこんなふうにしてくれたらどんなにいいだろう、と思わずにはいられなかった。だが、そんなことが起きる可能性は、限りなくゼロに近いような気もした。そうなるためには、まず俺がママに告白しなければならないのだ。いまはとてもそこまでするだけの勇気はない。

「姉さん、向こうを向いてくれないかな」

「こう？　これでいい？」

立ったまま、令佳はまわれ右をした。見事にくびれたウエストが、なんとも悩ましかった。そこからボリュームたっぷりのお尻へ流れるラインを見ていると、俺のペニスは痛みを感じるほど硬くなる。

「すごいよ、姉さん。姉さんのお尻、最高にセクシーだ」

「そう？　ちょっと太りすぎだと思わない？」

「ぜんぜんだよ。姉さんの体、完璧だ」

ママという存在を別にすれば、確かに完璧な体だな、と俺も思った。初めてあこがれを抱いたのは彼女が中三のときだったから、あれからすでに四年が経過している。令佳の体はまだまだ日に日に女らしく、変貌《へんぼう》を遂げているのだろう。

こんなことをする気はなかったのだが、俺はクローゼットの隙間から令佳の体をのぞきながら、ごく自然にベルトをゆるめていた。ズボンとトランクスを一緒にして、足首までおろしてしまう。

右手で握ってみると、肉棒はこれ以上は無理というくらいに硬くなっていた。右手に力をこめながら、令佳のお尻からふとももへのラインを眺める。確かにセクシーだった。むっちりしたふとももに手を触れてみたいという思いが、胸に込みあげてくる。

「た、たまんないよ、姉さん。またこっちを向いて」

こちらへ向き直った令佳は、両手で自分の乳房をすくいあげるような仕草をした。なんとも悩ましい動作だった。そそり立った弟のペニスを見つめる目は、異様なほど輝いている。

「もう出そうになってるの？」

「あ、ああ。すぐにでも出ちゃいそうだ」

「駄目。まだ駄目よ、剛。もっと見て。私の体を、もっと見てちょうだい」

言いながら、令佳は左手を乳房に残し、右手を下腹部におろした。パンティーの上から、中指の先で淫裂を縦になぞる。

「私も感じてきたわ、剛」

「ほ、ほんとに？」

「ええ。どんどん濡れてきてるのがわかるもの。ほら、パンティーにシミができてるでしょう?」

股布の部分には、確かに小さなシミが浮き出ていた。弟のオナニーを目にして、令佳も興奮したのだろう。

「ああ、駄目だわ。もう立ってられない。座ってもいい?」

「あ、ああ、もちろん」

少しだけ剛が言いよどんだのは、クローゼットからのぞいている俺に気をつかってくれたからなのだろう。だが、剛も床にぺたんと腰をおろしているため、視界がさえぎられることはなかった。令佳はベッドの上に座ったが、俺にはしっかりと彼女の全身が見えている。

「悪い子ね、剛。姉さんをこんな気持ちにさせて」

「こんな気持ちって?」

「決まってるでしょう? オマ×コしたくなっちゃったのよ。ああ、剛、どうしてくれるの?」

「どうって、俺はどうすればいいの?」

「あなたもこっちへあがってらっしゃい。さあ、早く」

「う、うん……」

少し俺のほうを気にかけるそぶりを見せながら、下半身裸のまま剛はベッドにあがり、姉の指示に従ってそこに身を横たえた。ペニスは相変わらず完全硬直したままだ。俺のより、少し大きいかもしれない。

こちらから見て剛の右側に、令佳は座っていた。パンティーの股布から右手を放し、今度はそこに左手をあてがった。空いた右手で剛の手をはねのけ、屹立《きつりつ》したペニスをしっかりと握る。

「うわっ、ああ、姉さん」

姉にペニスを握られたのは、もちろん初めてだったのだろう。剛は驚きの声をあげた。そこに感激が含まれていることが、俺にはよくわかった。

「硬いわ、剛。ほんとに硬い」

「言ったただろう？　姉さんのこと考えたら、俺、いつだってこうなるんだ」

「毎日、出してるの？」

「当然だろう？　一回で済むことのほうが珍しいよ。日にだいたい二、三回は出してる」

「剛ったら、またそんなこと言って」

令佳がほほえんだ。いい笑顔だな、と思った。初めて彼女に出会い、あこがれを覚えたときのことが胸によみがえってきた。ただセクシーなばかりではない。令佳は笑顔が美しいのだ。ママという存在がありながら、こんな人が彼女だったらいいな、と俺は確かに思った覚えがある。

「剛、感じる？」

右手で弟の肉棒をこすり始めながら、令佳は問いかけた。自分の左手は、しっかり股間にあてがわれている。はっきりとは見えないが、パンティーの脇から指を何本か、中にもぐり込ませているように思える。

「感じるなんてもんじゃないよ、姉さん。す、すごすぎる。きついよ。これ以上、俺、もう……」

「あと少しよ、剛、もうちょっとだけ我慢して」

令佳が左手の動きを速めるのが、俺にもよくわかった。弟を射精させる一方で、自分も絶頂に到達しようと考えているのかもしれない。

Eカップの乳房を大きく揺らしながら、令佳は顔を歪めた。悩ましい表情だった。俺はたまらなくなって、自分のペニスを激しくこすりだした。姉に肉棒を握られた剛同様、もう頂点がそこまで来ている。

ああ、令佳さん。とってもすてきだ……。

令佳は美しかった。乳房も魅力的だし、こちらへ伸ばされた脚も色香に満ちていた。あのふとももに頬ずりしたいという熱い思いが、胸に湧いてくる。

「だ、駄目だ、姉さん。俺、ほんとに……」

剛が差し迫った声をあげた。

「私も、私もいくわ。いいわよ、剛。出して。あなたの白いの、いっぱい出して。ああっ」

令佳が全身を大きく震わせた直後、剛のペニスから白濁液が噴きあがった。第一弾は顔のあたりまで飛び、続いて放出された精液が剛の腹部をべっとりと濡らした。二人はほぼ同時に、快感の極みに駆けのぼったのだ。

少し遅れて、俺のペニスも脈動を開始した。ティッシュを出す余裕もなかったため、肉棒の先端からほとばしった欲望のエキスは、クローゼットの扉の裏側を直撃した。あとで拭《ふ》かなければならないが、まあ仕方がない。

それぞれが頂点に達した二人は、ややぐったりしているように見えた。

「ありがとう、姉さん。最高だったよ。俺、今夜のこと、絶対に忘れない」

先に口を開いた剛の言葉は、喜びに満ちあふれていた。それはそうだろう。大好きな姉にペニスを握ってもらい、射精までさせてもらったのだから。

ところが、これで終わりではなかった。われに返ったように、令佳がほほえむ。

「ふふっ、よかった、剛が喜んでくれて。でも、ちゃんと後始末をしておかないとね」

「後始末？」

俺もびっくりしたのだが、問い返した弟には答えずに、令佳はいきなり剛の股間に顔を伏せたのだ。射精を終えたばかりのペニスを、ぱっくりと口に含む。ティッシュなどで拭くのではなく、令佳は口を使って肉棒の周囲に残った精液を拭い取るつもりらしい。それが後始末ということなのだろう。

「うわっ、姉さん。そ、そんな……」

驚いてはいるようだったが、当然、剛にとっては感激のほうが大きかっただろう。ペニスを握ってもらっただけでも感動ものだったはずなのに、姉はなんとさらに肉棒をくわえてくれたのだ。

精液の最後の一滴まで搾り取ろうとするかのように、令佳は弟の肉棒を吸い込むような動作を見せたあと、普通のフェラチオ風に首を振り始めた。

「姉さん、す、すごいよ。そんなことされたら、俺、また……」

剛の気持ちは、俺にもよくわかった。ペニスは萎《な》える間もなく、また完璧なまでにそそり立ってしまったに違いない。

令佳はペニスを頬張ったまま、弟の顔をまたいだ。シックスナインの体位だ。ごく自然な動作で、下にいる剛は姉のふとももを抱きしめた。パンティーの股布の部分が、ちょうど剛の口のあたりに当たっている。

「ね、姉さん。俺、俺……」

剛のくぐもった声が聞こえてきた。姉の股間に顔を押し当てながら、剛は両手を動かし始めた。むっちりと量感をたたえた令佳のふとももを、手のひらをいっぱいに広げてさわりまくる。

ああ、俺もさわってみたい、と正直に思った。令佳の白いふとももは、とにかく美しいラインを描いていた。そこに触れることを想像しただけで、俺のペニスも一気に回復してきた。下腹部に貼りつくほどの状態になる。

今度は握ったりせずに、俺は目に意識を集めた。令佳の口唇愛撫には、躊躇がまったくなかった。慣れた動作だ。おそらく自分の恋人と、普段からしているのだろう。

できればずっと見ていたい光景だったが、初めてのフェラチオを受けた剛が、そうそう我慢できるはずもない。すぐに限界を訴えた。

「だ、駄目だよ、姉さん。俺、出ちゃう。ねえ、出ちゃうよ、姉さん」

剛は口内発射までは考えていないようだった。当然、そういう望みはあるだろうが、姉にそこまでさせるわけにはいかないという思いもあるのかもしれない。

だが、令佳に迷いは感じられなかった。首を振る速さが、どんどん増していく。

「姉さん、俺、俺、ああっ」

くぐもってはいるものの、剛の声ははっきりと聞こえた。剛の下半身が、びくん、びくんと大きく震えるのが見えた。二度目の射精を迎えたのだ。

しばらくの静寂ののち、令佳は弟のペニスを解放し、ごくりと喉《のど》を鳴らして剛の放出した精液を飲みくだした。起きあがり、弟の隣に身を寄せて横たわる。

「姉さん、俺、なんて言ったらいいか……」

「気持ちよかった?」

「うん、もちろん。姉さんにこんなことまでしてもらえるなんて、まだ夢を見てるみたいだ」

令佳はくすっと笑い、剛の額に軽く唇を押し当てた。のぞいている俺には、すべてがうらやましい光景だった。二人は愛し合っているかのように見える。

「このぐらいのことは、いつでもしてあげるわ」

令佳の言葉に、俺の目から見てもわかるほど、剛は体をびくんと震わせた。

「姉さん、い、いつでも？」

「まだ少し早いけど、あなたもこれから受験だし、いろいろ大変だもんね。私に協力できるのは、このぐらいかもしれないから」

「ああ、姉さん」

剛は姉に抱きつき、唇を求めた。令佳も拒絶はしなかった。二人はしっかりと唇を重ね合わせる。

「私、シャワーを浴びてくるわ」

間もなく唇を離すと、そう言って令佳は立ちあがった。脱いだ服をかかえるようにして、部屋を出ていく。

剛がベッドから起きあがるのを見て、俺はあわててトランクスとズボンを引きあげた。剛が外側からクローゼットを開ける。

「ごめん、剛。俺、我慢できなくなっちゃって……」

俺は扉の裏側と床に飛び散った精液を見ながら詫《わ》びた。

「かまうことねえよ。たぶんするだろうなって思ってたから」

「ティッシュ、くれるか？」

「始末は俺がしておくから、おまえはもう行ったほうがいいよ。姉さんがシャワーを浴びてる間に」

「そ、そうだな」

俺はカバンと靴を持ち、剛と一緒に階段をおりた。玄関を出てくるとき、見送ってくれた剛の満足そうな表情が、すごく印象に残った。

3

その晩、俺たちは当然のように電話で話した。

――いやあ、さすがに俺もびっくりだったよ。姉さんが、まさかあそこまでやってくれるなんて。

「確かに。令佳さんだって、きっとおまえのことが好きだったんだよ」

――そうかな。

「当たり前だろう？　好きでもない相手のチ×ポなんか、くわえてくれるわけがないだろうが」

俺はほとんど嫉妬の塊になっていた。べつに令佳にフェラチオをしてもらいたいわけではない。俺だって、大好きなママと、できればあんなふうにしてみたいのだ。剛の夢は、ほとんど叶ったと言ってもいいのかもしれない。

「令佳さん、いずれしてくれるんじゃないか？　おまえとセックスまで」

――俺もそんな気がしてるんだ。俺の受験のこととか、心配してくれてるみたいだったしな。

「とにかくよかったよな。おまえの告白が報われたわけだから」

――うん。次は祐平の番だな。

突然、こちらに話を振られて、俺はとまどった。

「いや、俺はまだとても……」

――何言ってるんだ。俺と姉さんを見てうらやましいと思っただろう？

「そりゃあ、まあ……」

――だったら、おまえもやってみるしかないじゃないか。打ち明けるんだよ、お義母さんに。

結論はそれしかなかった。気持ちを伝えない限り、何も前には進まないのだ。

だが、ママの反応を考えると、やはり怖さのほうが先に立った。血のつながりもないというのに、ママはこれまで一生懸命、俺を育ててくれたのだ。そんな俺が自分に性的な欲望を抱いていると知ったら、ママはいったいどんな気持ちになるのだろう。

——祐平、これまで何も言ったことないのか？　お義母さん、きれいだね、とか、そういうこと。

「うーん、たぶんないな。きれいだとかセクシーだとか思ったことは数えきれないくらいあるけど、さすがに言葉にはできなかったよ。変に思われたらいやだったし」

——だけど、必要だと思うぞ、そういうの。ママ、きょうはきれいだね、だけでもいいじゃないか。絶対にいやな気はしないはずだぜ。

剛の言っていることは正しい。それは俺にもよくわかっている。とはいえ、ずっと一緒に暮らしてきたママに、そういうことを言える雰囲気ではないのもまた確かなのだ。

「おまえはどうなんだ？　これまで令佳さんに、それっぽい話をしたことがあるのか？」

——ああ、あるよ。小学生のころから、意識してたわけだからな。姉さん、きれいだね、ぐらいのことは、もう何千回も言ってるよ。

「マジかよ、おい」

――ああ。くすっと笑うだけで、反応なんてぜんぜんなかったけど、ちょっといけるかなって思ったこともあったんだ。姉さんが大学に入ったころだったと思うけど、普段と比べて、すっげえ短いスカートをはいてた日があってさ。

令佳はいつもだいたいミニスカートをはいていて、それがまたよく似合っている。露出したふとももには、俺も見るたびに刺激されていた。

――俺、たまらなくなって言っちゃったんだ。姉さん、やっぱりミニスカートが一番いいね、って。

「確かにたまらないよな、令佳さんのミニスカート姿」

――そしたら姉さん、ちょっぴり頬を赤らめちゃってさ。ああん、いやらしいわね、剛、なんて言ってくれたんだ。笑ってたから、怒ってるんじゃないってことはすぐわかったし、その表情がまたセクシーでさ。そのあとすぐに自分の部屋で握ったのを覚えてるよ。

ママもときどき短いスカートをはくことがある。俺はママに剛と同じことを言っているところを想像してみた。ママはいったいどんな反応を見せてくれるのだろうか。

にっこり笑って、いやらしいわね、祐ちゃん、なんて言ってもらえたら、俺はそれだけで大感激だろう。即、オナニーということになるに違いない。

──告白する準備だと思って、心がけてみろよ、祐平。ママ、きれいだね。これだけでいいんだから。

「そうだな。そんなふうに言ってるうちに、打ち明ける勇気が出てくる可能性もあるしな」

──そうだよ、祐平。俺、自分だけがうまくいくのなんていやなんだ。やっぱりおまえも、お義母さんとうまくいってもらわないと。

剛の気持ちはありがたかった。これからは意識して、ママ、きれいだね、ぐらいのことは言ってみたほうがいいのかもしれない。

それから間もなく俺は電話を切り、剛の部屋のクローゼットの隙間から見た光景を思い出した。令佳のオナニーシーン、さらには最後、剛が姉の口の中に精液を放ったところまでを脳裏によみがえらせたとき、俺はハッとなった。令佳を眺めている間、きょうの俺は一度もママのことを思い出さなかったのだ。

隣家の祥子と抱き合っていても、あるいは担任教師の和美が相手のときでも、頭の中には常にママの存在があった。ママを抱いているつもりで、いつも彼女たちとセックスをしていたのだ。だが、令佳のセクシーなふとももを目の当たりにしても、ママのふとももを思い浮かべるようなことはなかった。

令佳さんは俺にとって、ちょっと特別な存在なのかな……。

そんなふうに思いつつ、その晩は、令佳の体を想像しながらペニスを握った。

4

翌々日、学校帰りの最寄り駅で、俺は令佳と出くわした。改札を出てくると、ちょうどそこに令佳がいたのだ。

「そんなびっくりした顔しないでちょうだいよ、祐平くん。待ってたんだから」

「俺を？」

「ちょっと話しておきたいと思ってね。うちに寄らない？　剛は塾で、七時すぎまで帰ってこないし」

「うん、いいけど……」

俺たちは並んで歩きだした。相変わらず令佳は美しかった。俺は少しどきどきした。こんな彼女がいれば、と中学のころから思っていたのだ。俺が制服を着ているからそうは思えないだろうが、まわりの人たちから恋人同士に見られるといいな、などとつい考えてしまう。

「おととい、あなた、クローゼットの中にいたでしょう」

いきなりの令佳の言葉に、俺は絶句した。隠れている間、音をたてた覚えはなかったし、あの日は令佳がシャワーを浴びている間にそそくさと退散したのだ。のぞきが露見していたとは、まったく考えてもいなかった。

「ど、どうしてわかったの?」

「もうバレバレよ。剛ったら、何度もクローゼットのほうを気にしてたし」

考えてみれば、俺は隠れながらオナニーまでしてしまったのだ。気配を悟られていたとしても、なんの不思議もない。

「でも、あなたと剛って、ほんとに仲がいいのね。普通、友だちにあんなところをのぞかせたりしないでしょう?」

「俺もびっくりしたんだ。まさかあそこまで、ってね。でも、お互いに秘密を打ち明け合った仲だから、このぐらいはいいかなって、あいつが」

「秘密って?」

これはもう話さないわけにはいかないいな、と俺は思った。令佳だって、弟とああいう時間を持ったところを俺に見られたのだ。俺だけが隠しておくのも変かもしれない。

「剛は令佳さんが好きなわけでしょう？　実のお姉さんが」

「まあ、そういうことになるわね」

「俺も同じなんだ。俺の場合は、ママってことになるけど」

令佳が納得したように、何度もうなずいた。

「そういえば祐平くんのお義母さん、若くてとってもすてきだものね」

俺たちが中学生のころには、二家族合同で旅行へ行ったりもしていたのだ。令佳もママのことはよく知っている。

「私も思ってたものよ。祐平くんのお義母さんみたいな女になりたいなって」

「そうなの？」

令佳はうなずいた。令佳とママは似ていないこともない。乳房は令佳のほうが豊かに見えるが、スタイルのよさは甲乙つけがたい。俺はママのふともにあこがれてやむことはないが、令佳だって美しい脚の持ち主なのだ。ミニスカートから露出したそのふとももには、ずっと魅せられている。

「令佳さん、ほんとにミニスカートが似合うよね」

俺が言うと、令佳はうれしそうにほほえんだ。

「私の体には、前から興味あった?」

「そ、そりゃあ……」

「やっぱりおっぱいかな? 私、胸は中学のころから大きくて、けっこう目立ってたから」

俺は首を横に振った。

「おっぱいもセクシーだとは思うよ。でも、俺は脚だな」

「脚?」

「令佳さんの脚、すごくきれいだもん」

令佳はまたにっこり笑った。

「初めてよ。男の子から、そんなふうに言ってもらったの」

「言わないだけで、みんなそう思ってるんじゃないかな。ふとももが特にセクシーなんだよね。太いわけじゃないのに、むっちりしてて……」

「ありがとう。なんだか自信が湧いてきたわ」

そんなことを話しているうちに、令佳の家に着いた。あがると、まずリビングに通された。

「ちょっと待ってて。着替えてくるから」

　俺を残して、令佳は階段をのぼっていってしまった。これから起こることを、俺は想像してみた。令佳は待ち伏せしてまで、俺を誘ってくれたのだ。いやでも彼女を抱くことを想像してしまう。

　リビングに戻ってきた令佳は、外出着以上に短いスカートをはいていた。上はTシャツだ。ブラジャーをしていないらしく、胸が大きく揺れている。ストッキングは脱いでいて、令佳は素足だった。スカートの裾から、ふとももが大胆に露出している。

「コーヒーでいい？」

「ああ、もちろん」

　カウンターになったキッチンに入り、令佳はお湯を沸かし始めた。そういえば前にも何度か、剛と二人で令佳にコーヒーをいれてもらったことがあった。ここで飲んだレギュラーコーヒーがおいしくて、俺はコーヒー党になったような気もする。それをママに話して、家でもママがいれてくれるようになったのだ。

「祐平くん、一つ聞きたいんだけど、剛って、だれか付き合ってる女の子とか、いないの？」

手を休めないまま、令佳が尋ねてきた。

「いるわけないだろう？　あいつはずっと令佳さんに夢中なんだから。まあ、一人、剛が大好きって言ってる女の子はいるんだけどね」

「へえ、そうなんだ。どんな子？」

「矢島冬美《やじまふゆみ》って子で、これがけっこうかわいいんだ。一年のときからずっと剛が好きみたいで、積極的に付き合ってくれって言ってきてるらしいよ。令佳さんがいなかったら、剛も冬美のことが好きになってたんじゃないかな。いまだって、まあまあ気に入ってるとは思うしね」

「その子と付き合ったほうが、ほんとうはいいんでしょうけどね」

そうかもしれないな、と俺も思った。令佳とは、どんなことがあっても結婚まではできないのだ。

「ところで祐平くん、お義母さんにはまだ何も言ってないの？」

聞かれると思っていたことだった。

「ぜんぜんだよ。何か言うと、嫌われちゃいそうな気がして」

「そうか。でも、お義母さんも気づいてるんじゃないかな、あなたの気持ちに」

「ママが？」

「私だって、剛に告白されてびっくりはしたけど、前からなんとなくあの子の視線は感じてたもの。来るものが来た、って雰囲気かな」

剛はずっとひと筋に、姉の令佳だけを思い続けてきた。令佳が気づいていたとしても不思議はない。そういえば俺だって、小学生のころからママを女として見てきたのだ。ママが俺の熱い視線を感じていた可能性はある。

コーヒーをいれ終え、令佳がこちらへやってきた。テーブルに二つのカップを置き、俺の正面に腰をおろすと、躊躇する様子もなく脚を組む。

「どうぞ。冷めないうちに」

カップを手に取りながらも、俺は令佳の下半身から視線をはずすことができなかった。ただでさえ短いスカートの裾がさらに乱れ、素足の白いふとももがすっかりさらされているのだ。当然、俺は股間が熱くなる。

「私ね、いずれは剛に抱かれてもいいと思ってるの」

カップをテーブルに戻し、令佳が言った。

「ああ、やっぱり」

「そう思ってた？」

「うん。令佳さんも剛が好きなんだろうなって気はしてたよ」

令佳はうなずいた。頬がやや紅潮してきている。

「もちろん、ずっと続けようなんてつもりはないのよ。私だって、ちゃんと恋がしたいし」

「令佳さん、恋人はいないの？」

「一応、付き合ってる人はいるんだけど、もう別れようと思ってるの。本気になれるような人じゃなかったから」

言いながら、令佳は脚を組み替えた。今度は組み合わされた内ももの奥に、パンティーの股布がのぞいた。色は薄いピンクだ。俺のペニスはいちだんと硬くなった。もうズボンの前がすっかり尖っ張っている。

「話を戻すけど、あなたのお義母さんも同じ気持ちなんじゃないかと思うのよね。ずっとセックスをし続ける気はなくても、一度はあなたに抱かれてもいいって」

「うーん、だといいんだけど」

「義理とはいえ母親だから、やっぱり心配なんじゃないかな。これから受験を迎えるわけだし、あなたが欲望に悩まされたら困るものね」

ママがそう考えてくれたらいいな、と思ったことは数知れない。俺だって、ママと何度もセックスがしたいなんて考えてはいない。一度。そう、たった一度でも抱ければ、それで十分に満足するはずなのだ。

「きょうは私の体で我慢しておく？」

令佳の唐突な言葉に、俺はどきっとした。

「我慢だなんて、令佳さんが相手なら最高だよ。俺、前から好きだったんだ。令佳さんのこと」

「ほんと？　祐平くん、そんなふうに思ってくれてたの？」

俺が首肯すると、令佳は満面の笑みを浮かべた。こんな表情には、美しさとともにかわいさもあった。なんといっても、令佳はまだ十九歳なのだ。

「じゃあ、行こうか、私のお部屋に」

俺はうなずき、残っていたコーヒーを飲み干した。令佳が先に立って階段をのぼったため、白いふとももが俺の目の前に来る形になった。眺めているだけで、気絶しそうなほどの興奮を覚えた。

5

「服、脱いじゃってくれる？　私も脱ぐから」

部屋に入ると、令佳はそう言って、すぐにスカートとTシャツを脱ぎ捨てた。思ったとおりブラジャーはしておらず、魅惑的な乳房が露出してきた。それでも俺の目は、どうしても下半身に向けられた。令佳の脚は美しかった。なんといってもふとももが魅力的だ。

俺は裸になり、パンティー一枚きりになった令佳を抱きしめた。唇を求めると、令佳も抵抗はしなかった。濃厚に舌をからめ合う。

「ふふっ、けっこう慣れてる感じね、祐平くん」

唇を離すと、令佳が少し驚いたように言った。

「一応、経験はしてるんで」

「そうなんだ。じゃあ、リードしてもらっちゃおうかな」

「できる限り……」

本能に命じられるまま、俺は令佳の体を抱きあげた。令佳はびっくりしたように声をあげたが、俺のするままに任せてくれた。こうして抱いているだけで、左手からふとももの感触が伝わってきて、俺はますます興奮してくる。

令佳の体をベッドに横たえ、俺もその右隣に身を寄せた。

あらためて唇を重ねながら、右手を令佳のウエストに伸ばした。パンティーの縁に指をかけ、そのまま引きおろし始める。

唇を離して、引き締まった足首から、俺は薄布を抜き取った。これで令佳もすっかり裸だ。

令佳に脚を広げさせておいて、俺はその間で腹這いになった。間近で見ると、令佳の脚はいちだんとセクシーだった。白いふとももに、どうしても目が吸い寄せられる。

「令佳さん、膝を立ててくれる？」

「膝？　うん、いいわよ」

令佳が言ったとおりにしてくれたので、俺はベッドに両肘をつき、下から両手で左右のふとももに触れた。なめらかな肌と豊かな弾力。すばらしい感触だった。うっとりしながら、秘部に向かって顔を進めていく。

きれいなピンク色をした秘唇は、すでにたっぷり潤っていた。キスだけでも十分に感じてくれたらしい。俺は舌を突き出し、まず淫裂を縦にぺろっとなぞった。

「ああっ、すてき。すてきよ、祐平くん」

実に悩ましい声だった。俺の股間には、さらに血液が送り込まれたような気がした。肉棒はもう破裂せんばかりになっている。

何度か縦の愛撫を繰り返してから、俺は舌先をとがらせ、秘唇の合わせ目を探った。クリトリスはすっかり硬化して、存在を誇示していた。つんつんとつつくように愛撫する。

「か、感じるわ、祐平くん。それ、すごく、いい」

令佳の鋭敏な反応が、俺はうれしかった。今度は舌先を回転させ、肉芽をなぶりまわす。

喜悦の声をあげながら、令佳は大きく身をくねらせた。舌に力をこめつつ、俺は相変わらずふとももの手ざわりも楽しんでいた。これまで二人の女性と経験し、彼女たちのふとももの感触も味わわせてもらってきたが、令佳のふとももはさらにすばらしかった。舌の動きを速めながら、俺の手はふとももを撫で続ける。

ここで俺は、担任教師の和美との経験を思い出した。和美は舌で肉芽を愛撫させながら、秘部に指を入れるようにせがんできたのだ。肉洞の天井に刻まれた肉襞が、和美にとっては第二の性感ポイントになっていた。

和美は、感じ方は人それぞれだと言っていたし、自信はなかったが、俺はふとももから左手を放し、中指を肉洞に突き入れた。上に向けた指の腹に、和美のときと同様、細かい肉襞が当たってきた。まずはそっと撫でるように、俺は指を前後させてみる。

「えっ、何？　す、すごいわ、祐平くん。こんなの初めて」

どうやら令佳も感じてくれたようだった。俺は指先にも力をこめた。肉芽を舐めてまわしている舌が一回転する間に、指を一往復。そのリズムで愛撫を続けた。指と舌がたてるぴちゃぴちゃという音が、なんとも淫猥に聞こえる。

令佳の反応が、さらに鋭いものになった。ベッドから腰を浮かすようにして、悩ましい声を放っている。

「だ、駄目よ、祐平くん。ああ、でも、いい。すごくいい。ああ、どうしよう。私、もう……」

唐突に、令佳の体ががくん、がくんと大きく揺れた。どうやら快感の極みを迎えることができたようだった。俺は舌と指を引っ込め、令佳の右隣に添い寝する。ぎゅっと目を閉じ、眉間《みけん》に皺《しわ》を寄せた令佳の表情は、これまでに見たこともないほどセクシーだった。額に浮いた汗を、俺は右手の指でそっと拭ってやる。

ハッとしたように、令佳が目を開けた。

「ごめん、祐平くん。私、夢中になっちゃって」

「うれしかったよ。令佳さんが感じてくれて」

「びっくりしたわ。ほんとにうまいのね。ずいぶん遊んでるんじゃない？」

俺をからかうように話しかけてくる令佳の声は、なんだか弱々しかった。絶頂に達したばかりなのだ。無理もない。

「大して遊んでるわけじゃないよ。たぶん、付き合った人がよかったんだ。二人いるんだけど、両方ともけっこうベテランでさ、いろいろ教えてくれたからね」

「ふうん。聞いてもいい？　どんな人か」

「べつにかまわないよ。最初は隣に住んでるおばさんだった。前からセクシーだなとは思ってたんだけど、偶然、誘ってくれたから」

令佳がくすっと笑った。

「祐平くんのこと、かわいがってあげたくなっちゃったのかもね」

「どうかな」

「あと一人は？」

「担任の先生なんだ。部活の先輩から、あの先生なら頼めばやらせてくれるぞ、って聞かされて……」

「へえ、いるのね、そんな先生が。若い男の子好きの先生なら、たまらないかもしれないわね。教えている間も、男の子たちから欲望に満ちた目で、ずっと見つめられているわけだから」

　確かにそうだな、と俺も思った。俺たち男子生徒は、みんな欲望の塊みたいなものなのだ。和美たち女性教師は、いつもそんな俺たちの視線をまともに受けている。たまらなくなることも、あるのかもしれない。

「あっ、ごめん、祐平くん。今度はあなたが気持ちよくなる番よね。来て」

「まだいいよ。令佳さん、もう少し休みたいでしょう?」

「ふふっ、やさしいのね、祐平くんは。好きよ、そういうところ。でも、大丈夫。もう十分に休んだわ。来て」

　俺はうなずき、膝立ちになって令佳の脚の間に移動した。体を重ねようとして、ハッとあることに思い当たった。

「令佳さん、避妊は?」

「きょうは絶対に大丈夫。だから、そのまま来て」

　言いながら令佳は右手をおろしてきて、屹立したままの俺のペニスを握った。その手をゆるゆると動かして、亀頭の先を秘部へと誘導してくれる。

「ここよ、祐平くん。さあ」

　俺が腰を進めると、やや抵抗があったあと、まず亀頭が淫裂を割った。続いて肉棒全体が、するっと肉洞にすべり込んだ。これまでの二人と、挿入した感触はだいぶ違っていた。令佳はとにかく締めつけが強力なのだ。圧迫感がある。

「すごいよ、令佳さん。最高に気持ちいい」

「よかった。喜んでもらえて」

うれしそうに笑う令佳を、俺はあらためてきれいだな、と思った。前から惹《ひ》かれてはいたが、ますます彼女が好きになったような気がする。

俺はおもむろに腰を使いだした。ペニスを往復させると、肉洞の締めつけの強さが再確認できた。早くも射精感が襲いかかってくる。

「よすぎるよ、令佳さん。俺、すぐにでも出ちゃいそうだ」

「かまわないわ、祐平くん。思いっきり動いて、もっともっと気持ちよくなってちょうだい」

言われるままに、俺は腰の動きを速めた。やがてペニスに脈動が始まる。

「ううっ、ああ、令佳さん」

十回近くも震え、肉棒はおとなしくなった。快感の余韻に酔いながら、俺は令佳の顔を見つめる。

「ありがとう、令佳さん。すごくよかった」

「あなたもすてきだったわ。ありがとう」

俺たちは自然に唇を合わせた。長い長いくちづけになった。

第六章　弟・剛十七歳

1

「令佳、きょうも彼のところへ行くの？」

金曜日の夕方、講義を終えて帰ろうとすると、同期で同じ学部の一条《いちじょう》佐恵子《さえこ》に声をかけられた。大学に入ってから知り合った仲だが、異性問題とか、ほとんどなんでも話せる関係になっている。

「まあね。あんまり乗り気はしないけど」

「やっぱり？　私たち、焦りすぎだったかもしれないわよね。初めての合コンで会った男と付き合い始めちゃうなんて」

入学してすぐの四月、入ったテニス同好会の先輩に誘われて、私は佐恵子と一緒に合コンに参加した。そこで出会った一柳《いちやなぎ》主税《ちから》という男性と、私は付き合いだした。都内の有名私大に通う主税は二つ年上で、法学部の学生だった。将来は司法試験を受けるという話などを聞いているうちに惹かれるものを感じ、彼と会うようになったのだ。佐恵子も同様で、そのときに知り合った彼がいる。

佐恵子がため息をついた。

「最近、ちょっとうっとうしいのよね、彼。結局、欲しかったのは私の体だけだったのかな、なんて気がして」

「ああ、それよ、佐恵子。私もまったく同じ」

セックスは週に一度、主税のマンションでと決めている。基本的に金曜日だ。土日のどちらかはデート日で、映画を見たりドライブに行ったり、それなりに楽しくすごしてきたつもりだった。だが、このごろは抱かれたあとに、なんとなく虚しさが湧いてきてしまう。

剛に告白されたせいかしら。それとも、祐平くんのせい？

私には二つ年下、いま高校二年の弟、剛がいる。その剛が二週間前、姉さんが好きだ、と打ち明けてきたのだ。小学生のころから、ずっと私のことを一人の女として意識してきたのだという。

それまで考えてもみなかったことだが、あれ以来、私は剛に男を感じるようになった。いまはあの子の前で下着姿になって、オナニーを手伝ってあげている。まだセックスまではしていないが、フェラで口に出してあげるところまでは許しているのだ。

もう一人、私には気になる男がいる。剛の中学時代からの親友、狭間祐平だ。弟とは違うタイプの男性で、まっすぐな性格が前から好きだった。驚いたことに、その祐平に、剛はなんと私にオナニーを手伝ってもらっているところをのぞかせていた。祐平はクローゼットに隠れ、扉の隙間から部屋の様子を見ていたのだ。

祐平の視線に気づいた二日後、私は駅前で学校帰りの彼を待ち伏せし、家に誘って抱かれた。剛が姉の私に欲望を抱いているのと同様、祐平も義母の文佳とのセックスを望んでいるとのことだった。その一途《いちず》な気持ちが、私はいやではなかった。むしろ前以上に彼のことが好きになったかもしれない。

意外なことに、祐平はかなりの経験を持っていて、セックスはじょうずだった。彼が二度、射精する間に、私は三度も絶頂に導かれてしまった。次の約束はしていないが、近いうちにまた誘ってみようと思っている。

「別れちゃおうかな」

佐恵子の声で、私はハッとわれに返った。剛や祐平のことを考えて、少しぼうっとしていたらしい。

「そうね。私もそろそろ考えたほうがいいかも」

「でも、きょうは行くんでしょう?」

「まあね。別れるにしても、それなりに準備は必要だから」

「私も同じ。セックスはそれなりに楽しいから、それはそれでいいのかもしれないけど」

佐恵子とは駅で別れ、私は電車に乗った。二十分ほどかけて、彼のワンルームマンションにたどり着く。

部屋に入るなり、主税にぎゅっと抱きしめられた。激しく唇を求められる。彼はいつもどおり、短パンにTシャツという姿だった。抱きしめられただけで、股間の硬いものが私の腹部に当たってくる。

長いくちづけを終えると、私はその場にしゃがみ込んだ。短パンとビキニブリーフを足首まで引きおろすと、いきり立ったペニスが勢いよく飛び出してきた。先走りの透明な粘液で、亀頭の先が濡れている。

私は右手で肉棒を握り、即、口にくわえ込んだ。以前はまず舌を出して、ペニスのいろいろな部分を舐めまわしたりもしたものだったが、このごろは少し食傷気味だ。私に愛撫させることを、主税は当たり前だと思っているようなのだ。

「ああ、いいよ、令佳。すごくいい」

感じていることを言葉にはするものの、最初のころのような感動まではもう伝わってこない。私にフェラさせることも、こうやって自分が声をあげることも、ほとんどルーティーンのようになっているのだ。

私は首を振り始めた。くちゅくちゅ、ぴちゃぴちゃという淫猥な音が、室内に響きわたる。

「令佳、頼む。きょうはこのまま口に出させてくれ」

二回に一回くらいの頻度で、主税はそれを要求する。口内発射することに、異様なほどのこだわりがあるようなのだ。佐恵子に言わせると、それは征服欲なのではないか、とのことだった。私の口に射精することで、自分の優位性を確認したいのではないか。それが佐恵子の考えだ。私も最近はそんな気がしている。

私は首の動きを速めた。いまは愛情などまったく感じていない。とにかく早く出させてしまおう。そんな気持ちなのだ。やがて主税が射精の接近を訴える。

「す、すごいよ、令佳。いきそうだ。ああっ、令佳」

ペニスが脈動を開始した。びくん、びくんと震えるごとに、熱い欲望のエキスが私の口に向かって吐き出される。肉棒がおとなしくなったところで、私は口を離した。口腔《こうこう》内に残った精液を、ごくりと飲みくだす。

「ありがとう、令佳。気持ちよかったよ。さあ、今度はきみの番だ」

主税が礼のようなことを言った。これもいつものパターンだ。

私は立ちあがり、自分で服を脱いだ。あっという間にパンティーまで脱ぎ捨て、ベッドにあお向けに横たわった。Ｔシャツも脱いですっかり裸になった主税が、私が広げた脚の間にうずくまる。

「膝を立ててくれ、令佳」

いつもの命令だった。下から両手で私のふとももに触れながら、主税は秘部に舌を這わせてくるのだ。これもルーティーンでしかない。

主税は、それほど経験があるほうとは思えなかった。本人はそれなりにできると思っているようだが、セックスは決してうまくはない。このあいだ抱かれた祐平のほうが、女が感じるツボを心得ている気がする。

主税に長い時間、愛撫されているのはいやだった。こういうときは、感じているふりをするに限る。主税の舌がクリトリスを攻撃し始めたところで、私は大きく身をよじり、甲高い声をあげた。

「ああっ、すごいわ。私、おかしくなりそう」

主税の舌に、さらに力がこもった。舌先を回転させて、肉芽をこねまわしている。これも祐平のほうがずっとうまかったな、と私は思った。いまはとにかく、早く終わらせたい。

「いくわ、主税。ああっ、いくっ」

腰をがくがくと揺らして、私は絶頂に到達したふりを装った。秘部への愛撫をやめた主税が、ティッシュで口のまわりを拭いている。

主税のクンニリングスは、私を感じさせるためというよりも、自分のペニスに勢いが戻るのを待つため、という気がした。すでに回復したらしく、主税が枕《まくら》もとから取ったスキンをはめているのがわかった。そういえば祐平は私をいかせたあと、しばらく休んだほうがいいと言ってくれた。そういうやさしさは、主税には最初からない。

「もうたまらないよ、令佳。きみがすてきすぎるからだ。ああ、令佳……」

私を組み伏せるようにして、主税がペニスを突き入れてきた。最初のころは一つになる感動もあったが、いまは何もない。主税はすぐにピストン運動を開始した。私は両手で主税の腰のあたりをかかえ、早く終わらないかと、そればかりを考える。

「おお、出るよ、令佳。俺、ああっ」

二度目の射精は、すぐにやってきた。ペニスが震えるごとに、精液がスキンに向かって発射されているのがわかる。

五分ほどで、主税は私の秘部からペニスを抜いた。私にスキンをはずしてほしそうだったが、私は無視してシャワーを浴びた。タオルで体を拭いて出てくると、即、服を着始める。

「ごめん、きょうはあんまり時間がないの」

「そうか。あとで電話するよ。日曜日、映画を見ようと思ってるんだ」

主税は私を止めようとはしなかった。普段はこれからどこかで食事ぐらいはするのだが、セックスが済んでしまえば、ほとんど目的は果たし終えたということなのだろう。

じゃあね、と言って、私は部屋を出てきた。もうここへは二度と来ないだろうな、と確信していた。

2

週明けの月曜日、私は大学の帰りに佐恵子と会っていた。お気に入りのスイーツの店だ。それぞれが好きなスイーツを頼み、佐恵子はロイヤルミルクティー、私はブレンドコーヒーを飲んでいる。

「別れることにしたわ」

私が言うと、佐恵子は納得したようにうなずいた。

「たぶん私もそうなるわ。実はね、別の男の子から声をかけられてるのよ。高校の一年後輩なんだけど、昔から私のことが好きだったなんて、手紙をくれて」

「手紙？　ずいぶん古風ね」

「いまは個人情報だかなんだかで、高校には名簿とかがないじゃない？　ストーカーみたいで悪いけど、私のあとをつけて家を確かめた、って書いてあったわ。それで住所だけはわかったから、手紙を書いてきたんでしょうね」

ストーカーは気分が悪いが、彼の一生懸命さは伝わってきた。

「高校のとき、彼のことは知ってたの？」

「うん、一応。彼、バスケットをやっててさ、一年のときからインターハイにも出てるのよ」

インターハイは高校スポーツの全国大会だ。ここに出場することは、選手にとっては誇りのはずだ。

「大学もね、スポーツ推薦でもう決まってるんですって」

「へえ、いいじゃない。会ったの？」

「うん、一度だけ」

佐恵子がぽっと頬を赤らめた。男性経験はかなり豊富なはずだが、もともと佐恵子は純情な女の子なのだ。高校の後輩と付き合うなんて、彼女には似合っているかもしれない。

「山岸《やまぎし》さんとはどうするの？」

山岸というのが、佐恵子が合コンで会って付き合いだした男だ。一つ年上と聞いている。

「はっきり言うつもりよ。もう会わないって。ただ、それを言うために会うのも、実はいやなのよね。会えば当然、向こうは抱きたがるだろうし」

「まあ、そうでしょうね」

私の気持ちなどまだ何も知らないはずだが、主税は先週、当然のように私とセックスをした。今週もまたできると思っているに違いない。

「ＬＩＮＥでもいいかな、って気がしてるの。いまはもうそんな時代でしょ？」

「確かに。私もそうしようかしら」

先週はルーティーンとして抱かれたが、私だってもう主税と会いたくはないのだ。ＬＩＮＥにさよならと書いてしまえば、それで終わる気もする。

「で、令佳はどうなの？　だれか付き合おうと思ってる人、いないの？」

私の脳裏に、二人の男性の顔が浮かんできた。弟の剛と、彼の親友である祐平だ。佐恵子になら、彼らのことを話してもいいかな、という気になる。

ここで二人のスイーツが届いて、しばらくは食べることに集中した。コーヒーを口に含み、落ち着いたところで話しだす。

「私に弟がいるって話はしたわよね」

「うん。二つ下の子でしょう？」

「剛っていうんだけど、このあいだ、打ち明けられたのよ。ずっと前から姉さんのことが好きだった、って」

「えっ、実の弟さんから？」

さすがにびっくりしたように、佐恵子が問い返してきた。

「性に目覚めたとき、ちょうど私がそばにいたから、そういう対象に考えたってことなんだと思うわ。でも、うれしかったのよ、私」

「なんかわかる気がするわ。うちも似たようなことがあったし」

「佐恵子のところは、お兄さんよね」

佐恵子はうなずいた。新たに頬を赤らめたように思える。

「べつに告白されたわけじゃないけど、兄貴の私を見る目が明らかに変わったのよね、私が大学に入ったころから。あれは間違いなく男の目よ。抱きたいって、言ってるようなものね」

「ふうん、そうなんだ。佐恵子、どんな気持ちだったの？」

「それが不思議なんだけど、私も令佳と同じなのよ。兄貴にそうやって見られることが、なんとなくうれしいの。兄貴には、ときどき下着をいたずらされることもあるしね」

「下着？」

うなずきながら、佐恵子はいちだんと頬を紅潮させた。

「うちは母の体が弱いから、ときどき私が洗濯とかもしてるんだけど、ある朝、気づいたのよ。前の晩に脱いだ私のパンティーが、男の出すあれでべっとり濡れてたの」

「へえ、そんなことがあったの」

少し驚いたふりをしたが、実は私にも経験があった。剛がときどき私のパンテイーを持ち出し、オナニーのときに使っていたらしいのだ。

「それで、令佳はどうしたの？　弟さんに告白されて」

「あなただから話すんだけど、いまはあの子のオナニーを手伝ってあげるようになったの」

「オナニーの手伝い？　す、すごいわね」

　これには佐恵子もさすがにびっくりしたようだった。私自身、自分の行動が信じられない部分もあるのだ。他人が驚くのも無理はない。

「最初は下着姿になって、あの子が自分でするのを見ていただけだったんだけど、硬くなったあれを見たら、なんとかしてあげたいって思うじゃない？　手で握ってあげて、いまはフェラで出してあげるようになったわ」

「感激したでしょうね、弟さん」

　私は首肯した。真っ赤な顔をして私に礼を言っていた剛の顔が、いまでも脳裏にくっきり映像として残っている。

「そこまでしたのなら、いずれ抱かれるんでしょう？」

「ええ、たぶん。っていうか、そうしてあげないと、あの子がいつまでも私にこだわっていそうな気がするのよね。ちゃんと彼女を作って、その子とセックスをしたほうがいいに決まってるし」

「いろいろ考えてあげてるのね、令佳。私も兄貴に、一度ぐらいはやらせてあげたほうがいいのかな」

佐恵子は少し悩むような顔をした。抱かれてあげれば、彼女の兄は喜ぶに決まっている。だが、それをずっと続けていっていいとは思えない。

「一回だけって約束させればいいんじゃない？」

「一回だけ？」

「いつもそばにいる佐恵子を抱けるって思ったら、お兄さん、きっと毎日でもやりたがるわ。それはやっぱりまずいと思うから」

「そうね。考えてみるわ」

飲み物のお代わりを注文し、私たちはさらに話した。祐平に抱かれたことを話すと、佐恵子は少しうらやましそうな顔をした。

「令佳、その子と付き合えばいいんじゃない？　ずっと前から知ってる子なんでしょう？　気心も知れてるだろうし……」

「そうね。私もそれがいいかな、って思ってるところなの。まず弟をなんとかしてあげてからだけどね」

お互いの兄弟のことも含めて話がはずみ、私たちは結局、二時間以上もその店にいた。

3

母の姉、私にとっては伯母《おば》の娘が結婚することになり、ある週末、父と母は母の故郷である福島へ行くことが決まった。ひと晩だけ、私と剛は二人だけですごせることになったのだ。

土曜日の朝、両親が出かけてしまうと、剛はもうそわそわし始めた。すぐにでもフェラチオをしてくれるのではないかと、期待を込めた目で私を見つめてくる。

「あんまり焦らないで、剛。まずコーヒーでも飲もうよ」

「う、うん、それはいいけど……」

「私がいれるから、あなたは座って待ってて」

剛をソファーに座らせ、私はカウンターになったキッチンに入った。水を入れたポットを火にかけ、豆を挽いてドリップの用意をする。

「きょうと明日は二人きりだから、ゆっくり話をしようと思ってるの。いいでしよう？」

「ああ、もちろん」

話などいいから、早く俺のチ×ポをくわえてくれ、なんていう剛の声が、どこからか聞こえてきたような気がした。実際、弟はもうそんな気分になっているはずだ。

だが、私たちは実の姉と弟なのだ。このままの関係を続けていっていいわけがない。そのへんは、はっきりさせておかなければならない。

間もなくお湯が沸き、私はドリップを開始した。剛には、わざとゆっくりやっているように見えたかもしれない。実際、できるだけ時間をかけてお湯を落とした。こうしたほうがおいしくできることは、経験から知っている。

落とし終えたコーヒーを二つのカップに注ぎ、それをトレーに載せて、私はリビングに出た。剛の前に腰をおろし、カップを二人の前に置く。

コーヒーを飲む前から、剛の視線はもう私の下半身に集中していた。普段から家ではミニスカートをはくことが多いが、きょうは超がつくほど短いやつにした。色は真っ赤だ。素足のふとももが剝き出しで、剛の目にはふとももの奥にパンティーの股布までもが見えているかもしれない。

ひと口飲んで、私はカップをテーブルに戻した。剛はまだカップを持ちあげてもいない。

「飲みなさいよ。せっかくいれたんだから」

「あ、ああ」

私の顔と下半身に交互に目をやりながら、剛は仕方なさそうにカップを手にした。熱っ、とか言いながら、いれたてのコーヒーをすする。

剛がカップを置いたところで、私は話し始めた。

「あなたに好きだって言われて、うれしかったわ、剛。それはほんと」

うれしそうに、剛がほほえんだ。十七歳になったはずだが、こうして見ると、弟はまだかわいい男の子だ。性的な欲望があること自体、信じられないような気もする。だが、事実は事実なのだ。認めなければならない。

「好きなあなただから、あなたのしたいことはなんでもしてあげたい」

「なんでも？」

「ええ。でもね、私たちは姉弟なの。それを忘れちゃ駄目。わかる？」

「そ、そりゃあ……」

「私たち、ずっと一緒にいられるわけじゃないのよ。いつか私はお嫁に行くし、あなただってだれかと結婚することになると思うわ」

剛は顔に複雑な表情を浮かべた。まだ私とセックスはしておらず、フェラチオで口に射精したというだけの話なのだ。これで終わりになるのかと、少し不安になったのかもしれない。

「まだ結婚どうこうじゃないけど、私にも一応、好きな人がいるの」

「えっ？　あ、ああ、まあ、そうだろうね」

私は主税のことを言ったわけではない。主税には先週、もう終わりにしましょう、とＬＩＮＥを入れておいた。プライドの高い男だから、たぶん返事もよこさないだろう、と私は読んでいる。私のことは、好きなときにセックスができる便利な女、ぐらいにしか思っていなかったのではないだろうか。

好きな人がいると言ったとき、私の脳裏に浮かんでいたのは、剛の親友の祐平だった。

彼には一度抱かれたというだけで、べつに付き合っているわけではない。だが、祐平のことは前から好きだった。

祐平は義母の文佳へのあこがれが強いようだが、たとえ望みが叶って文佳とそういう関係になれたとしても、彼らだってそれをずっと続けていくわけにはいかない。祐平が私を好きになる可能性だって、ないわけではないのだ。

「剛にだって、いるんじゃないの？　まだ何もしてないでしょうけど、いいなって思ってる女の子ぐらいは」

実は祐平から、少しだけ聞いていた。同じクラスにいる矢島冬美という女の子が剛のことを好きで、どうやら積極的にアプローチしているらしいのだ。冬美はかなりかわいい女の子で、男子の間でも人気があるのだという。

『令佳さんがいなかったら、剛も冬美のことが好きになってたんじゃないかな。いまだって、まあまあ気に入ってるとは思うし……』

祐平はそう言っていたのだ。予想どおり、剛が小さくうなずいた。

「好きってほどじゃないけど、気になってる子はいるよ」

「名前は？」

「矢島冬美っていうんだ。一年のときから、向こうはその気だったみたいでさ。一度もデートなんかしたことないのに、ＬＩＮＥはしょっちゅう来てるよ」

「返事はしてるの？」

「一応ね。姉さんとうまくいかなかったら、付き合ってみてもいいかなって思ってたんだ」

冬美にとっては、私が天敵のようになっていたわけだ。

「その子と付き合うかどうかはともかく、私とずっとってわけにはいかないの。それはわかるわね？」

「う、うん……」

さあ、話はここからだ。

「せっかくお父さんもお母さんもいなくなってくれたんだから、きょうと明日だけは、私のこと、恋人だと思ってくれていいわ」

「姉さん、ほんとに？」

ソファーから腰を浮かさんばかりにして、剛は大きな声をあげた。

「いままではフェラだけだったけど、ちゃんとさせてあげるわ、セックスも」

「ああ、姉さん」

ごく自然な動作で、剛は右手を股間にあてがった。スエットの上下を着ているが、その部分がもうふくらんでいるのが私にもよくわかった。

「フェラの快感とか、覚えさせちゃったのは私だから、悪いとは思ってるわ。でも、私たちがそういうことをするのは、きょうと明日で終わりにしたいの」

「終わりに？」

剛の顔から笑みが消えた。だが、思い直したように、剛はうなずいた。

「わかったよ、姉さん。姉さんにセックスまでさせてもらえるなんて、俺にとっては夢のような話なんだ。それで満足しなくちゃいけないよね」

「できれば、そうしてほしいの。さっきも言ったけど、私には好きな人がいるわけだから」

この週末だけは剛の恋人になってあげよう。そう決めたのは、今朝《けさ》早くのことだった。私だって、もちろん剛のことが好きなのだ。セックスまでして、それが当たり前になってしまったら、剛はきっと世間の女の子を見なくなってしまう。

それはまずい、と私は思った。私だって、普通に恋がしたい。剛との関係は、このへんで終わらせておかなければならない。

「じゃあ、まずは予告編よ」

「予告編?」

「夜は長いわ。お父さんとお母さんが帰ってくるのは、たぶん明日の夜遅くになるはずよ。明日も長い一日になる。たっぷり楽しみましょう」

そう言って、私はソファーから立ちあがった。

つられたように、剛も席を立った。二人でソファーの横に出て、まずしっかりと抱きしめ合った。これまでしなかったが、初めて弟の唇を求めた。ややとまどいながら、剛も応じた。唇が重なり、私が舌を突き入れると、剛はそこに自分の舌をからめてきた。ぎこちない動作だが、熱い気持ちは伝わってくる。

長いくちづけを終えると、私はすっと床にしゃがみ込んだ。スエットパンツとブリーフを一緒にして、一気に足首まで引きおろす。完璧なまでにそそり立ったペニスが、すっかりあらわになった。亀頭の周囲には、先走りの透明な粘液がにじみ出ている。

「すごいわ、剛。もうこんなに……」

私は右手で弟の肉棒を握った。きょうと明日だけは恋人なのだ。精一杯の愛情を込めて、愛撫してあげたいな、と思った。鋼鉄のような硬さに少し驚きながら、私は舌を突き出した。尿道口を中心にして亀頭全体を、ぺろぺろと舐めまわす。

「ううっ、姉さん。す、すごいよ。こ、これだけでも出ちゃいそうだ」

初めてペニスを握ってあげたときから、剛のあげる感動の声は変わらない。ほんとうに私のことを、ずっと好きでいてくれたのだろう。

私は右手に力をこめ、先端を自分のほうへ向けた。大きく口を開け、そのまますっぽりと肉棒をくわえ込む。気のせいかもしれないが、いつにも増してペニスが熱くなっているように感じた。

「最高だよ、姉さん。こうやって口でしてもらったこと、俺、絶対に忘れない。俺にとって姉さんは、初恋の人でもあるんだから」

初恋の人……。胸に熱く響く言葉だった。絶対にいけないこと、男女の仲になってはならない相手だとわかっていながら、私も剛の気持ちがうれしかった。そういえば告白されてからいままで、ずっと剛と恋をしてきたような気がする。

きょうと明日で、剛といい思い出を作ろう。私はそんな気持ちになった。私にとっても、剛は決して忘れることができない存在なのだ。恋人として、できることはなんでもしてやりたい。

私はゆっくりと首を振り始めた。初めてフェラをしたときは、くわえたとたんに出してしまった剛だが、いまは少し余裕ができたようだった。体を震わせ、声をあげたりはするものの、すぐに射精するという雰囲気ではない。

肉棒の根元を支えていた右手を、私は左手に替えた。空いた右手を、私は自らのふとももの間にすべり込ませた。中指の先が、間もなくパンティーの股布に到達する。そこにはすでに淫水が浮き出ていた。ぬるぬるした感触が、なんとも淫猥だった。指先をうごめかすと、あっという間にシミの面積が広がってくる。私もたっぷり感じているのだ。

私の首の動きは、自然に速まった。くちゅくちゅと音とたてて、弟の肉棒を愛撫し続ける。

「あっ、だ、駄目だよ、姉さん。き、気持ちよすぎる。俺、我慢できない」

我慢なんかしなくていいのよ、剛。まだ何回でもできるでしょう？　いまはまずお口に出してちょうだい……。

そんな気持ちで私は首を振った。同時に、パンティーの中に右手の中指と人差し指をもぐり込ませた。ぐしょ濡れの割れ目を撫であげ、指先で秘唇の合わせ目を探る。肉芽はすでにすっかり硬化して、その存在を誇示していた。首の動きに合わせて、私はクリトリスをこねまわす。子宮の奥に、熱いうずきを覚えた。もう絶頂がすぐそこまで来ている。私は指にいちだんと力をこめた。

「姉さん、ほんとに駄目だ。俺、ああっ、出るっ」

剛のペニスがはじけた。びくん、びくんと脈動するごとに、大量の熱い精液が飛び出してくる。その直後、私の体にも大きな震えが走った。私たちはほぼ同時に、快感の極みを迎えることができたのだ。

十回近く震えて、剛のペニスはようやくおとなしくなった。唇をすぼめて最後の一滴まで搾り出すように吸い込んでから、私は口を離した。口腔内に残った欲望のエキスを、ごくりと音をたてて飲みくだす。

崩れるように、剛が床にしゃがみ込んできた。私の体を、がっしりと抱きしめてくれる。

「また飲んでくれたんだね。うれしかったよ、姉さん」

「ああ、剛」

私たちは自然の流れで唇を合わせた。剛の舌が、私の口腔内に侵入してくる。自分の出した精液の匂いや味がするはずなのだが、剛は少しもいやがらなかった。濃厚に舌をからめてくる。

長いくちづけを終えると、私たちはじっと見つめ合った。

「予告編は、これで終了よ。少し休んで、またゆっくり楽しもうね、剛」

剛はにっこり笑い、あらためて私の体を抱きしめた。

4

二人でお昼を食べ終えると、即、二階にある私の部屋に入った。いよいよ剛と初めてのセックスをする。挿入行為をするというだけで、フェラチオと大差はないと思うのだが、剛にとってはやはり大事なことのようだった。これまで私の口にさんざん精液を放ってきたとはいえ、一応、彼はまだ童貞なのだ。

私ははいていたミニスカートとTシャツを脱ぎ捨てた。きょうは朝からブラジャーをせずに、淡いピンクのキャミソールだけをつけている。パンティーもキャミとセットになった同色のものだ。

キャミも取り去ろうとすると、剛からストップがかかった。

「姉さん、俺、いまのその格好、すっごく好きだよ。最高にセクシーだし」

「そう？　剛、キャミが好きなのかしら」

「姉さんなら、どんな格好をしてたって好きだけど、そのキャミソールは特にいいよね」

「わかったわ。じゃあ、キャミは脱がないことにする。パンティーは、あなたが脱がせてくれる？」

「い、いいの？」

尋ねてくる剛の顔が、一気に紅潮したように思えた。

「いいに決まってるじゃないの。さあ、脱がせて」

うなずいた剛は、一度、深呼吸をしてから、私の足もとにしゃがみ込んだ。パンティーに手をかける前に、突然、私の脚に抱きついてきた。両手をまわしてきて、ふとももを乱暴に撫でまわす。

「ああ、気持ちいいよ、姉さん」

「ふふっ、そうなの？　いいのよ。好きなだけさわって」

「俺、最初に興奮したのは姉さんのパンチラだった」

「パンチラ？」

剛はうなずいた。

「小学校五年のときだったと思うけど、リビングのソファーで姉さんのパンチラを見て、すごく興奮したんだ。その晩、初めての夢精をして……」

夢精という言葉は祐平に教わっていた。性的な夢を見ながら、男の子が射精してしまうことだという。

「だからそれ以来、俺、いつも姉さんのパンチラが見たいなって思ってた。けっこうよく見せてくれたからね」

「そう？　そんなに油断してたかな、私」

「俺がのぞこうって意識してたせいだよ、たぶん。いつも姉さんのスカートの中を目で追ってたわけだから」

そういえば、剛はいつも私に熱い目を向けてくれていたのだ。私もそれなりに気づいてはいた。そしてそれが、私はいやではなかった。パンチラも、もしかしたらわざとのぞかせてあげていたのかもしれない。そんな覚えが、かすかにあった。

「俺にとって、姉さんの魅力はパンチラだったけど、祐平に言われたんだ。令佳さんの脚はすごいな、って。特にふとももが最高に魅力的だって、あいつはいつも言ってた」

抱かれたとき、確かに祐平からそんなふうに言われた。ミニスカートから露出した私のふとももを見るのが楽しみだった、と彼は言ってくれたのだ。

「祐平に言われてみて、俺も気づいたんだ。姉さんの脚、最高に魅力的だよ。ふともも、さわるだけでこんなに気持ちがいいとは思わなかった」

「さわって、剛。もっとさわって」

「ああ、姉さん」

剛はさらに手に力をこめて、私のふとももを撫でまわした。私は急に、祐平のソフトな愛撫を思い出した。あの子は私のふとももを、いとおしげに撫でてくれた。あの柔らかなタッチはすばらしかったが、乱暴とも言える剛のさわり方も悪くなかった。私の興奮も、どんどん盛りあがってくる。

五分近くもふとももにさわり続けてから、剛はハッとしたように手を止めた。

「ごめん、姉さん。パンティー、俺が脱がしていいんだよね」

「そうよ、剛。恋人のパンティー、脱がせてちょうだい」

ごくりと音をたてて唾《つば》を飲み込み、剛が両手を私のウエストまですべりあげた。パンティーの縁に指をかけ、ゆっくりと引きおろしていく。

まずヘアが、そしてすでに蜜液にまみれた秘唇があらわになった。私の足首から、剛は薄布を取り去る。

「感激だよ、姉さん。姉さんのここを見ることができるなんて、想像もしてなかった」

「見て、剛。しっかり見て」

私は両手の指先を使って、秘唇を開くようにして見せた。まばたきする間も惜しむように、剛はじっと私の股間を見つめてくる。

「割れてるの、わかる？　これからここに入るのよ。剛のオチ×チンが」

「ああ、姉さん」

剛は立ちあがり、私から目をそらさずに、スエットの上下を脱ぎ捨てた。ブリーフも取り去り、一気に裸になる。股間のイチモツは、完璧に天を突いていた。張りつめた亀頭は下腹部にぴたっと貼りついている。

あらためて床にひざまずいた剛は、右手でそそり立ったペニスを握った。その手をゆっくりと動かし始める。オナニーだ。

初めてこの子の前で下着姿になったときのことを、私は思い出した。パンティー一枚だけの私を見ながら、剛はこうやって自分の肉棒をこすりたてたのだ。それなりに迷いもあったが、いまはしてよかったと思っている。この子はずっと、一人の女として私を見ていてくれたのだから。

「剛、お願いがあるの」

指で秘唇を広げたまま、私は言った。

「何？　俺、なんだってするよ、姉さん」

「あなたにも、お口でしてほしいの。私のここを、あなたに舐めてほしいのよ」

「やるよ、姉さん。もちろんやる。ほんと言うと、ずっと前からしたかったんだ。姉さんのあそこを舐めたいって、いつも思ってた」

「ああ、剛」

掛け布団などはすでにどけてあったベッドに、私はあがった。あお向けに横たわり、大きく脚を広げる。

「来て、剛」

剛もベッドにあがってきた。その体がわずかに震えているように、私には見えた。いよいよ童貞に別れを告げるのだ。それなりに緊張しているのかもしれない。

「さあ、ここで腹這いになるのよ」

指示に従って、開いた脚の間で剛は腹這いになった。私は祐平から受けた愛撫を思い出した。彼は私に膝を立てさせ、下から両手でふとももに触れながら、秘部に舌を這わせてくれたのだ。

私が膝を立てると、その意図を察したのかどうかはわからないが、剛はごく自然に両手を下からふとももにあてがってきた。熱い息を吐きながら、私の股間に向かって顔を近づけてくる。

「やっぱり気持ちいいよ、姉さん。姉さんのふともも、すごく気持ちがいい」

「覚えておいてね、剛。私のふとももののさわり心地、ずっと覚えておいて」

「忘れるわけないだろう？　絶対忘れないよ」

剛の息づかいを、私は股間ではっきりと感じた。剛は舌を突き出した。すでに蜜液にまみれた私の秘唇を、ぺろっと縦に舐めあげた。動作はぎこちないものだったが、私は十分に感じた。熱いうずきを覚える。

「いいわよ、剛。それでいい。同じようにして」

私の言うとおり、剛は縦の愛撫を繰り返した。その間も、両手のひらは私のふともにあてがわれたままだった。接触感を味わいたいのか、その手が微妙に動いている。

「今度はクリトリスよ。聞いたことあるでしょう?」

舌を突き出したまま、剛がうなずいた。

「割れ目の一番上よ。そこに硬いところがあるの、わかる?」

剛の舌先が、秘唇の合わせ目に移動した。とたんに、私の体がびくんと大きく震えた。

「そう、そこよ、剛。私はそこが一番感じるの。舐めて。そこをもっと舐めて」

祐平は器用に舌先を回転させて愛撫してくれたが、初めての剛にそれを望むのは無理だった。それでも、一生懸命、肉芽に舌を這わせてくれた。これを続けてくれれば、絶頂に到達することも可能かもしれない。

だが、私はそれを望んではいなかった。いまは剛に童貞を卒業させてあげることを一番に考えなければならない。

私は両手をおろし、剛の頭を押さえ、動きを止めさせた。

「もういいわ、剛。私、十分に感じたから」

顔をあげた剛が、不満そうな顔をする。

「姉さん、気持ちよくなかった？　俺、必死でやってみたんだけど」

「ううん、すごくよかったわ。でも、もういいの。そろそろ欲しくなったのよ。あなたの硬いのが」

「姉さん」

顔面を紅潮させて、剛が私の体の上を這いのぼってきた。私は右手を下腹部におろし、剛のペニスを握った。午前中にフェラをしてやったとき以上に硬く、そして熱くなっているように思えた。

ほとんどくっつくところまで顔を近づけてきた剛が、ハッとしたように言う。

「姉さん、避妊とか、平気なの？」

「大丈夫。きょうは絶対に安全な日だから。ああ、硬いわ。剛、すっごく硬い」

「言っただろう？　姉さんのこと考えたら、俺、いつだってこうなるんだ」

私は手をゆるゆると動かし、亀頭の先を秘唇にあてがった。熱い肉棒がぶつかってきただけで、私の全身がぶるっと震える。

「ここよ、剛。さあ、来て。私の中に入ってきて」

「姉さん」

剛は腰をぐいっと突き出してきたが、まずは空振りだった。上すべりしてしまったらしい。

「ご、ごめん、姉さん」

「初めてなんだから仕方ないわ。やり直しよ」

先ほどよりもしっかりと、私は肉棒の位置を確かめた。うなずいた剛が、今度は慎重に腰を進めてくる。まず亀頭が淫裂を割った。続いて肉棒全体が、ずぶずぶと私の体の中にもぐり込んでくる。

「うわっ、姉さん。こ、これ、すごい。き、き、気持ちよすぎる」

「入ったのね、剛。あなたのオチ×チンが、とうとう私のオマ×コに」

私はあえて淫猥な四文字言葉を使ってみた。主税と付き合っていたころ、彼がときどき私にこの言葉を口に出させたのだ。私に言わせることで、主税はなぜか相当に興奮することができたらしい。

剛は言葉のことなど、べつに気にもしていないようだった。それよりも、初めての挿入に感動したらしく、うっとりとした表情を浮かべている。

「ほんとにすごいよ、姉さん。入るときの感触、最高だった。このままじっとしてても、俺、出ちゃうかも」

「動いていいのよ、剛。好きに動いて。まだまだ時間はいっぱいあるんだから、一回出しても、何度でも繰り返しできるわ」

「姉さん、俺……」

本能に従うかのように、剛は腰を使いだした。やはり慣れない動作だったが、しっかりとペニスは肉洞内を往復した。私もそれなりの快感を覚える。

「いいわ、剛。私も、すごくいい」

「もう、もう駄目だ、姉さん。俺、俺……」

剛のペニスが脈動を開始した。ひくん、びくんと震えるごとに、熱い精液がほとばしってくるのを、私は肉洞の奥ではっきりと感じた。

肉棒の震えが止まると、剛は私に体を預けてきた。耳もとに口を寄せてささやいてくる。

「ありがとう、姉さん。俺、世界一の幸せ者だよ」

「そんなこと……」

「間違いないよ。こんないい思いができた人、ほかにいるわけがない。最高だったよ、姉さん」

「ああ、剛」

私たちは唇を合わせた。

これでいいんだわ。これでこの子も、私から卒業していける……。

私もすっかり満たされた気分になっていた。

第七章　義伯母　友梨香《ゆりか》四十歳

1

剛はとうとう夢を叶えた。ずっとあこがれていた姉と、ついに結ばれたのだ。その話を聞き、俺も自分のことのようにうれしかった。

そんな折、隣家の祥子から、もう来ないでくれと言われてしまった。どうやら今後は息子ひと筋にしたいのだという祥子の気持ちはよくわかったので、俺も仕方がないと思ってあきらめた。彼女にはセックスの手ほどきをしてもらったし、ほんとうに世話になったのだ。会えなくなったからといって、文句を言ったらバチが当たる。

祥子に会えないとなると、担任教師の和美に代わりをしてもらいたいところだったが、和美だって暇なわけではない。ホテルを使ったりすれば、金だってかかるのだ。そうそう彼女に負担をかけるわけにもいかない。

そんなわけで、俺はまっすぐ家に帰るようになった。部活をやって少し遅くなったある日、家の玄関を開けると、ママの靴の横に見慣れない靴があった。だが、ヒールの高さから予測はついた。ママの姉、須田《すだ》友梨香のものに間違いない。

俺にとっては義理の伯母ということになるのだが、友梨香はいつも高いヒール靴をはいていた。背が高くて脚が長いので、それがまたよく似合うのだ。

靴を脱いでリビングに入っていくと、思ったとおり、ママと向かい合って友梨香が腰をおろしていた。

「あら、祐ちゃん、久しぶり」

「こんにちは、伯母さん」

友梨香からは、初めて会ったときに「伯母さんって呼んでちょうだい」と言われていた。二人きりの姉妹なので、妹の子供には伯母さんと呼ばれたかったのだという。

「祐ちゃん、着替えてらっしゃい。あなたの分、コーヒーをいれておくから」

ママに言われて、俺は階段をあがった。スエットの上下に着替えて階下におりると、ママは俺のコーヒーをいれるためにキッチンに立っていて、友梨香が一人で座っていた。彼女の正面に、俺は腰を沈める。

「半年ぶりぐらいかしら、祐ちゃんに会うの」

「うん、そのぐらいかな」

「ますますいい男になったわね。なんだかどきどきしちゃう」

「そんな、伯母さん……」

ママのほうを気にかけながら、俺は少し照れた。初対面のときから思っていたのだが、友梨香はとにかく色っぽいのだ。ママより三つ上だから、もう四十になるはずだが、年齢はまったく感じない。きょうもセクシーなミニスカートから、薄手の黒いストッキングに包まれたふとももを大胆に露出させている。

「はい、スペシャルブレンドよ。祐ちゃんがこのあいだ買ってきてくれたやつ」

「ありがとう」

ママから自分のマグを受け取り、俺はひと口すすった。おいしかった。学校の近くにある喫茶店で買ってきた豆なのだが、問題は豆よりもいれ方だと俺は思っている。剛の姉の令佳と同様、ママはいれ方がうまいのだ。

「あっ、そうだ。祐ちゃん、姉さんと試写会へ行ってこない?」

「試写会?」

「そうなのよ、祐ちゃん」

友梨香がママから話を引き取った。

「来週の金曜日なの。せっかく当たったのに、息子にふられちゃったのよ。デートがあるから駄目なんですって。文佳と行こうと思ったんだけど、この人は仕事をサボるわけにはいかないって言うし」

「伯母さん、なんの映画？」

「トム・クルーズの新作よ」

「ああ、行かせてもらうよ。絶対に行く」

俺は即、オーケーした。トム・クルーズの映画は、ずっと好きだったのだ。たっぷり制作費をかけて派手に撮影しているわりには、B級っぽい作りになっているところが特に気に入っている。

「よかった。一人じゃ行く気にならないものね」

友梨香はうれしそうに笑い、すっと脚を組んだ。俺はどきっとした。ただでさえ短いスカートの裾がさらにずりあがり、ふとももがほとんど剝き出しになったからだ。

密着した二本のふとももの間には、小さな三角形が見えた。ストッキングが黒いので色まではわからないが、パンティーの股布であることは間違いない。

俺の股間が鋭く反応した。いっぺんに硬くなったペニスが、スエットの前を押しあげてくる。俺はさりげなく、左手で股間を隠した。まさか友梨香に勃起を悟られるわけにはいかない。

「お寿司、とったのよ。姉さんがご馳走《ちそう》してくれるって言うから」

「ほんとに？　わあ、うれしいな」

寿司は大好物だ。ありがたい。

間もなくその寿司が届き、友梨香の提案で、そのままソファーで食べることになった。ダイニングに移ってしまうと友梨香の脚が見えなくなるので、なんとかならないかと思っていたのだ。

食べ始めると、友梨香はもちろん組んでいた脚はほどいてしまったが、スカートの裾からのぞくふとももを見ているだけでも、俺は楽しかった。ペニスを勃起させながら、食べていたと言ってもいい。

「祐ちゃん、彼女は？」

三人がほぼ食べ終えたころ、友梨香が唐突に尋ねてきた。

「いないよ、彼女なんて」

「そうなの？　もったいないわね、こんなにいい男なのに。世の中の女は、何を見てるのかしら」

友梨香は本気で言っているようだった。俺のほうを、少しうっとりした感じで眺めている。こんな目で見られると、俺は俺でまた興奮してしまう。

ママが心配顔で口を挟んだ。

「ちょっと姉さん、あんまり刺激するようなこと言わないでちょうだい。祐ちゃんだって、これから受験で大変になるんだから」

「あら、何言ってるの？　ちゃんと彼女がいたほうが、勉強だってきっと進むわよ。ねえ、祐ちゃん」

友梨香の言葉に込められた意味を考え、俺は少しとまどった。彼女がいれば、性的な悩みはなくなる。友梨香はそんなふうに言いたかったのではないだろうか。

姉の真意など考えてもいないらしいママが、反論する。

「いいのよ、姉さん。この子はいまのままでいいの。勉強はきちんとしてるし、成績だって、ぜんぜん落ちてないんだから。ねっ、祐ちゃん」

「まあ、そうだね」

「私だって、べつに無理に彼女を作れって言ってるわけじゃないわ。勉強が進んでるんなら、心配はいらないと思うけど」

友梨香は俺に色香に満ちた視線を送ってきた。股間が反応し、肉棒はさらに硬くなった気がした。スエットパンツの前がふくらんでしまい、俺はまたそっと手で隠した。友梨香がくすっと笑った。もしかしたら勃起を気づかれたのかもしれない。それならそれでもいいか、という気にもなる。

食後のお茶を飲んで、間もなく友梨香は帰っていった。二人きりになったところで、ママが言う。

「祐ちゃん、ほんとに彼女、いないの？」

眉間に皺を寄せ、いまにも泣きだしそうな顔だった。俺のことを心から心配してくれているのだろう。

「いないよ。好きな人もいない」

「それで寂しくないの？」

「ぜんぜん寂しくなんかないよ」

俺にはママがいるから、と付け加えたいところだったが、できなかった。実際、言ってしまったほうが、たぶんよかったのだろう。剛から言われた、ママ、きれいだね、のひと言も、まだ実行できていない。

「そう。それならいいけど……」

ママはやっとほほえんでくれた。このまま抱きすくめてしまいたくなるような笑顔だったが、もちろんそんなことができるはずもない。

「コーヒーもう一杯、飲む？」

「うん、飲む」

「じゃあ待ってて」

キッチンに入っていくママを、俺はため息をつきながら見送った。

2

翌週金曜日の夕方五時半、俺は友梨香と有楽町《ゆうらくちょう》にある喫茶店で待ち合わせた。試写会は六時半からなので、お茶でも飲んでから行こうということになったのだ。

俺が約束の喫茶店に入っていくと、友梨香はすでに来て待っていた。奥にある四人席から手を振っている。

またミニスカートで来てくれるのではないかと期待していた俺は、一瞬、裏切られた気がした。友梨香が足首まであるような長いスカートをはいていたからだ。

だが、座った瞬間、新たな驚きが俺を襲った。スカートの前に、深いスリットが切られていたのだ。

この喫茶店はチェーン展開していて、椅子がソファータイプになっているのが特徴だった。テーブルも低く、向かい合って座ると、正面にいる人の下半身までが見通せてしまう。

「きょうは付き合ってくれてありがとう」

「いや、こちらこそ。この映画、見たいと思ってたんだ」

軽い会話を交わしながら、やってきたウエートレスにブレンドコーヒーを注文した。その間も、俺は友梨香の下半身から目を離せなかった。スリットから、薄手の黒いストッキングに包まれたふとももが、かすかにのぞいていたからだ。

すでにコーヒーを飲んでいた友梨香はカップを置き、まったく唐突に、すっと脚を組んだ。スリットが見事に割れて、ふとももが大胆に露出してきた。しかも、友梨香のストッキングはふとももの半ばで途切れていた。どうやら友梨香はガーターベルトでストッキングを吊《つ》っているらしいのだ。ふとももの上部の白い地肌が、見事にさらされている。

「食事をするにはちょっと早いと思ったから、お茶にしたの。少し遅くなるけど、ディナーはホテルのレストランを予約しておいたわ。いいでしょ?」

「う、うん、もちろん」

友梨香の問いかけになんとか答えながらも、俺はもうすっかり落ち着きを失っていた。友梨香のふとももが、あまりにも魅力的すぎるのだ。姉妹だけあって、脚までママに似ている。

ここで俺のコーヒーが届いた。ひと口飲んでみたが、あまりうまくなかった。ママがいれてくれるコーヒーがおいしいので、俺も少しコーヒーにはうるさくなっているのかもしれない。

「ねえ、祐ちゃん、ちょっと聞いてもいい？」

友梨香が、少し声をひそめるようにして言った。

「何？」

「文佳のことよ。姉の私が言うのもなんだけど、あの子はいい女よ。きれいだし、とってもセクシーだと思うわ」

俺はうなずいた。そのとおりだとしか言いようがない。

「祐ちゃんは高校二年だから、十七歳でしょう？　そういう男の子にとって、文佳みたいな女が近くにいたら、たまらなくなるんじゃないのかしら。祐ちゃんはどう？　文佳に刺激されてるんじゃない？」

まさかこんな話になるとは、思ってもみなかった。完全に想定外だ。答えはイエスに決まっているが、どう答えればいいのか、俺には見当もつかなかった。友梨香はママの姉なのだ。いくらこういう質問を受けたからといって、ママを抱きたいなどと、言っていいとは思えない。

「お、俺は……」

俺が口ごもっていると、友梨香はくすっと笑った。それがまた、なんとも色っぽいほほえみだった。すでに勃起してしまっているペニスが、いちだんと硬くなったように思える。

「お願いだから、正直に聞かせてよ、祐ちゃん。あなたは文佳が好きで、いつかは抱きたいって思ってる。違う？」

ここまで言われたら、答えないわけにはいかなかった。質問という形を取ってはいるが、友梨香はもうたぶん俺の気持ちなどとっくに見抜いているのだ。ごまかせるものではない。

「そのとおりだよ、伯母さん。俺、ママが好きだし、できればママが欲しい」

「やっぱりね」

大きくうなずき、友梨香はおもむろに脚を組み替えた。今度は左脚が上になる。スリットは割れたままだった。ふともも上部の地肌が剝き出しで、ストッキングを吊りあげているガーターの黒い紐《ひも》までが露出している。

「文佳に何か言ってみたの？」

「まさか。言えないよ」

「どうして？　話さなければ、気持ちは伝わらないわよ」

「わかってるよ、そんなこと。でも、無理だよ、伯母さん。変なこと言って、ママに嫌われたら困るし……」

それが本音だった。俺が気持ちを打ち明けたとして、ママがどんな反応を見せるのか、まったく予測ができないのだ。剛が姉の令佳にぶつかっていったように、俺だってママに告白したい気持ちはある。だが、場合によっては、それでこれまでの穏やかだった関係が終わってしまう可能性だってあるのだ。

友梨香は残っていたコーヒーを飲み干し、ふっと短く息を吐いた。

「私の予想では、たぶん大丈夫だと思うわ」

「大丈夫って、何が？」

「文佳は、あなたの気持ちにこたえてくれるってことよ」

「伯母さん、ほんとにそう思う？」

妖艶な笑みを浮かべながら、友梨香はこっくりとうなずいた。

「見てればわかるわ。文佳だって、祐ちゃんのことが大好きなはずだもの」

「でも、それは義理の母親として、ってことなんじゃないの?」

「それももちろんあるでしょうね。まだ大学生だったのに、子連れであることを承知で結婚した、愛するあなたのお父さんの息子なんだから。でもね、たぶんそれだけじゃないわ。私にはわかるのよ。同じ女だから。文佳はあなたを男としても愛してるわ、きっと」

「ああ、伯母さん」

こんな話を聞けるなんて、なんだか夢のようだった。うれしくて、思わず頰がゆるんでしまう。

「文佳ももうわかってはいると思うけど、あなたの気持ち、私が伝えてあげてもいいわよ」

「伯母さんが?」

「たとえ義理の息子であろうと、愛する男に抱かれるのは悪いことじゃない。それをちゃんと話してあげるわ。私の経験も含めてね」

俺はぎくりとした。友梨香にも何か似たような経験があるのだろうか。

「伯母さんの経験って?」

尋ねた俺に、友梨香はまたなんとも色っぽい笑みを見せた。

「うちの息子、知ってるわよね」

「伸太郎《しんたろう》さんだよね」

まだ俺が小学生だったころ、ママと何度か友梨香の家に遊びに行ったことがあった。もうずいぶん前になるが、伸太郎とはそのときに会っている。友梨香は二十歳のときに伸太郎を産んでいるので、一人息子はもう二十歳だ。母親との年齢差は、うちと同じということになる。

「私、伸太郎に抱かれたのよ」

「伯母さんが、伸太郎さんに？」

友梨香と伸太郎は実の母子だ。一瞬、驚愕《きょうがく》に包まれたが、すぐに納得した。友梨香はこれだけセクシーな女性なのだ。息子の伸太郎がその気になったとしても、なんの不思議もない。

「あの子が高三になったとき、私に相談してきたのよ。お母さん、ぼくは性欲が強すぎるみたいだ、って」

男はみんな、そんな思いにとらわれることがあるという。これは軽音楽部の先輩、青井義彦から聞いた話だ。俺だって中学のとき、ママのことを考えてオナニーばかりしていて、こんなんで大丈夫なんだろうか、と悩んだことがあった。青井の話に妙に納得した覚えがある。

「伯母さん、なんて答えたの？」

「いまでもよく覚えてるわ。心配いらないわよ、伸太郎。男の子は、みんなそんなものなんだから、って」

当時を思い出しているのか、友梨香は少し遠くを見るような目になった。

「私は伸太郎を安心させるつもりで言ったんだけど、あの子ったら、ますます難しい顔になっちゃったのよね。どうしたのかと思ったら、告白してきたわ。ぼく、やっぱりおかしいよ、お母さん。だって、お母さんが気になって仕方がないんだもん。お母さんの体が、ってね」

「すごいね、伯母さん。伸太郎さんの気持ち、俺にもよくわかるけどね。伯母さん、最高にセクシーだし」

「ふふっ、ありがとう。うれしいわ、そんなふうに言ってもらえて。あのときもね、正直に言うとうれしかったの。大切に育ててきた息子が、私を一人の女として扱ってくれたんだもの」

ママもこんなふうに考えてくれないものだろうか、と思わずにはいられなかった。急に伸太郎がうらやましくなる。

「それで、すぐしてあげたの？」

　俺の問いかけに、友梨香は頰をわずかに紅潮させながらうなずいた。

「パンツを脱がせて、硬いのにちょっとさわってあげただけで、出しちゃったのよ、あの子。初めてなんだから、そんなものなんでしょうけど、なんだか感激したわ。ああ、こんなに感じてくれたのか、って。そのあとフェラで一回出して、あっ、フェラって、わかるわよね」

　俺は首肯した。当時の伸太郎に比べれば、俺はかなりの体験をしている。友梨香にペニスに触れられたぐらいでは、もっと進んでフェラチオをされたとしても、簡単には射精しないだけの自信がある。

「二度目も早かったわ。私が首を振ったりする前に、もう出ちゃってたもの」

「伯母さん以上に感激したんじゃないかな、伸太郎さん」

「まあ、そうかもしれないわね。中学のころから、ずっと私の体が気になっていたらしいから」

　俺がママを初めて女として意識したのは、小学校五年のときだった。伸太郎より早い。比較することに意味などないのだが、なんとなく優越感を覚える。

「それからやっと初めてのセックスよ。あのときも感動したわ。私の中に入ってきたら、お母さん、お母さんって何度も叫びながら腰を振って、すぐに出しちゃったんだもの」

「仲太郎さんの童貞を奪ったんだね、伯母さん」

「そういうことになるわ。でもね、すぐ仲太郎に約束させたの」

「約束?」

うなずきながら、友梨香はコーヒーの残りを飲み干した。

「このままじゃまずいと思ったのよ。二人とも感激したからといって、抱き合うのが当たり前になってしまったら、困るでしょう? あの子だって、いつかは普通に恋もしたほうがいいし、私のほうが夢中になっちゃいそうで、なんだか怖い気がしたの。だから決めたのよ。受験が終わるまでにしましょう、ってね」

「なるほど。性の悩みもなく、仲太郎さんは安心して受験勉強ができたんだね」

「そうみたい。ほっとしたわ、第一志望に受かってくれて」

仲太郎はいま都内の国立大学に通っている。もともと優秀だったのだろうが、友梨香の力も大きかったに違いない。

「でも、ほんとにやめちゃったの? 合格したところで」

「そうよ。合格のお祝いに一回抱かれて、それで最後。あの子も納得してくれて、大学に入ったらすぐに彼女を作ったみたい。きょうもデートなのよ、その子と」

友梨香は、少しだけ寂しそうな顔をした。いくら実の息子だからといっても、友梨香は息子を心から愛しているのだ。ほんとうはもっと抱かれていたかったのではないだろうか。

「だからね、祐ちゃん。これだけは守ってほしいの」

友梨香は真剣な表情になった。

「ちゃんと文佳に話はしてあげるし、たぶんあなたの望みは叶うと思うわ。でもね、ずっと続けようなんて思わないでほしいの。あなたもちゃんと恋をしたほうがいいし、文佳は文佳で、再婚する可能性だってあるわけだから」

「ママが再婚?」

これまで想像したこともなかった。しかし、あり得ない話ではなかった。ママだってまだ三十七歳、女として十分に若いのだ。ママをお嫁さんにしたいという男だって、いくらでもいそうな気がする。ママのことが好きなら、俺はママの幸せも考えてあげなければならない。

俺は一つ、ため息をついた。

「わかったよ、伯母さん。ママの邪魔なんかしない。伸太郎さんと同じように、受験まででいいんじゃないかな。いや、それも贅沢《ぜいたく》すぎるな。俺、一回でいいよ、伯母さん。たった一度でもママを抱けたら、それで満足できるはずだから」

俺が言うと、友梨香はほんとうにうれしそうにほほえんだ。

「ありがとう、祐ちゃん。わかってくれて」

「いや、伯母さんの言うとおりだから。でも、やっぱり夢は叶えたいんだ。頼むね、伯母さん」

「任せておいてちょうだい」

胸を張った友梨香が、俺にはこれまで以上に頼もしく見えた。

3

それから映画を見たのだが、これがまた大変だった。席に着くなり、友梨香が高々と脚を組んだのだ。当然、スリットが大きく割れて、ふとももが剝き出しになった。ストッキングの上部からは、ふとももの白い地肌までもが露出している。

場内が暗くなって上映が始まっても、白いふとももは浮かびあがって見えた。

ちらちら見ている俺の耳もとに、友梨香がささやいてくる。

「私の脚、気になる？」

「そ、そりゃあ……」

「さわってもいいのよ。ほら、こうやって」

組んでいた脚をほどき、友梨香は左手で俺の右手を取った。スカートの前に切られたスリットの間に、その手を誘導していく。

俺はもちろん友梨香の厚意に甘えた。まずはストッキングに包まれたふとももを、そっと撫でつける。友梨香が膝を開いてくれたので、俺の右手は自由になった。そのまま手のひらをすべりあげ、ふとももの地肌に触れる。

「ああ、伯母さん」

「気持ちいい？」

「すごいよ。俺、我慢できなくなっちゃう」

「いまは駄目よ。映画が終わってから。ねっ？」

映画のあと、友梨香はちゃんと俺に何かをしてくれるつもりらしい。だが、それまで何もせずに我慢しているのは無理だった。俺は夢中で友梨香のふとももを撫でまわし続ける。

結局、映画の内容など、ほとんど頭に入ってこなかった。上映していた一時間四十分、俺はひたすら友梨香のふとももにさわっていたのだ。

そこから徒歩でホテルのレストランに移動した。中華料理の店で、通されたのは個室だった。すぐに料理が運ばれてきたが、食欲などほとんど感じなかった。スリットからのぞく友梨香のふとももが、気になって仕方がないのだ。

二人で座り、友梨香は生ビール、俺はジンジャーエールで乾杯した。料理はほぼ揃《そろ》い、配膳《はいぜん》用の係員が引っ込んだ。あとは追加注文とデザートだけだ。

独特の色香たっぷりの笑みを見せながら、友梨香が言う。

「ここには、しばらくだれも入ってこないわ。一度、出しておいたほうがよさそうね、祐ちゃん」

「出すって、そんな……」

「ちゃんとお部屋を取ってあるわ。文佳には遅くなるって言ってあるし、あとでゆっくりしましょう。でも、食事を楽しむためにも、その硬くなってるものをなんとかしなくっちゃ」

友梨香は立ちあがり、俺も立たせると、すっと床にしゃがみ込んだ。慣れた手つきでベルトをゆるめ、ズボンとトランクスをあっという間に引きおろしてしまった。すでに硬化した肉棒が、下腹部に貼りついている。

「セックスはあとでたっぷり味わうとして、まずはオードブルよ」

想像はついていたが、友梨香は右手で肉棒をつかむと、それをすっぽりと口に含んだ。いい感触だった。俺の体がびくんと震える。

休む間もなく、友梨香は首を振り始めた。強烈な愛撫だった。右手は肉棒の根元にあてがっているのだが、空いた左手を友梨香は俺のお尻にまわしてきた。爪の先で、お尻をくすぐるように撫でる。

「た、たまらないよ、伯母さん。気持ちよすぎる」

いままでに抱いたどの三人よりも、友梨香は慣れている気がした。夫に鍛えられたのか、あるいは遊んできたのか、それはわからない。いずれにしても、フェラチオの快感は尋常ではなかった。間もなく俺は頂点に到達する。

「伯母さん、出ちゃう。ああっ」

当然ながら、俺が放出した精液を、友梨香はしっかりと口で受け止めてくれた。これも当たり前のように、ごくりと飲み干してくれる。

「さあ、これで少し落ち着いたでしょう。食べましょう、祐ちゃん」

トランクスもズボンも、友梨香が引きあげてくれた。俺はベルトをはめ、席に座り直す。確かに気分は落ち着いていて、食欲が戻ってきた。それから一時間近くかけて、俺たちはデザートまでしっかりと食べたのだ。

レストランを出るとフロントへ行き、友梨香がカードキーを受け取った。エレベーターに乗るなり、友梨香が抱きついてきた。たまたまほかにだれも乗っていなかったのだ。俺たちは唇を合わせ、舌をからめ合った。ペニスはすでに勢いを回復して、ズボンの前を押しあげてきている。

部屋に入ると、友梨香はまずメイクされていたベッドを崩した。俺の目の前まで歩いてきて上着を脱ぎ、くるっと背中を向ける。

「ジッパーをお願い」

スリットから露出したふとももばかりに気を取られていたが、友梨香は丈の長いワンピースを着ていたのだ。言われたとおり、俺はジッパーを一番下までおろした。背中を横切るブラジャーのフインは黒だった。ストッキングやガーターベルトだけでなく、きょうの友梨香は黒い下着で固めているらしい。

こちらへ向き直った友梨香は両手を肩にあてがい、ワンピースをすとんと床に落とした。思ったとおり、ブラジャーもパンティーも色は黒だった。パンティーは一部がシースルーになっていて、ヘアの翳《かげ》りも確認できる。

「あなたも服を脱いじゃってくれる？　すぐ楽しみたいし」

「う、うん、わかった」

背中に手をまわしてブラジャーのホックをはずす友梨香を見ながら、俺は靴と靴下を脱ぎ、着ていたものを取り去った。俺が裸になったときには、友梨香はもうパンティーも脱いでいた。ガーターベルトとストッキングだけをつけた体に、ハイヒールをはいている。アンバランスなのだが、それが妙にセクシーに見える。

「祐ちゃん、どう？　私の体」

「すごくいいよ、伯母さん。ガーターもハイヒールも、よく似合ってる」

「ふふっ、ありがとう。じゃあ、ベッドへ行きましょう」

俺は迷うことなく、両腕で友梨香の体を抱きあげた。その勢いで、左右のハイヒールが相次いで床に落下した。友梨香は大柄なので少し重かったが、その重量感が、逆に手に心地よかった。ベッドにおろした友梨香に、俺は脚を広げさせる。

「さっきは俺だけが感じさせてもらったからね。今度は伯母さんの番だよ」

「まあ、楽しみだわ。どんなことをしてくれるのかしら」

ほかの女性たちにもしていることだから、俺にとってはルーティーンのようなものだった。友梨香の脚の間で腹這いになり、友梨香に膝を立ててもらった。両手で下からふとももを支えるようにしながら、秘部に顔を寄せていく。

友梨香は蜜液が多かった。秘唇からあふれ出た淫水の一部が、すでにベッドに垂れ落ちてシーツにシミを作っている。

俺は舌を突き出し、まず縦に秘唇をひと舐めした。スパイスが利いたような、不思議な味がした。蜜液も、人によって味が微妙に異なる。

俺は何度か秘唇全体を舐めあげたあと、舌先を淫裂の合わせ目にあてがった。友梨香のクリトリスは小さめだった。米粒程度の大きさしかない。それでもすっかり硬化して、俺の舌に心地よく当たってくる。

舌先をとがらせ、俺は肉芽をぐりぐりとこねまわした。

「ああっ、祐ちゃん。いいわ。す、すごくいい」

友梨香も感じてくれているようで、少し安心した。俺はふとももから左手を放した。その手を顎の下まで持ってきて、中指一本だけをぐいっと肉洞に突き入れた。友梨香の体が大きく震え、悩ましいあえぎ声が聞こえてくる。

担任教師の和美が教えてくれた愛撫だが、指に当たってきた肉襞を撫でてやると、友梨香は身を震わせてもだえた。間違いなく感じてくれている。

俺は自信を持って、肉芽と肉洞内の肉襞、二カ所を同時に攻撃した。指と舌のリズムもぴたりと一致している。

「びっくりよ、祐ちゃん。こんなにじょうずだなんて、嘘みたい」

俺はこれを友梨香の褒め言葉として受け取っておいた。こうなったら、徹底的に感じさせてみたくなる。

強くしたり弱くしたり、加減を調節しながら、俺は舌と指を動かし続けた。五分ほどもそうしていただろうか、突然、友梨香のお尻がベッドから浮きあがり始めた。少しやりにくくなったが、それでも俺は愛撫を続行する。

「あっ、駄目。いくわ、祐ちゃん。私、いっちゃう」

びくん、びくんと大きく体を震わせて、友梨香は絶頂に到達した。秘部にある俺の顔と指を、右手で振り払おうとする。

俺は素直に舌と指を引っ込めた。令佳のときと同じだった。俺の愛撫で、友梨香はのぼりつめてくれたのだ。

友梨香に添い寝する形で、俺は身を横たえた。荒かった友梨香の息が、徐々におさまってきた。やがて、ぱっちりと目を開けて言う。

「もう、ほんとにびっくりよ、祐ちゃん。相当に遊んでるみたいね」

「そんなことないよ。経験できる人と、適当に寝てるだけで」

「でも、私をこんなに感じさせるなんて、すごいわ。もしかして祐ちゃん、セックスの才能があるのかも」

そういえば祥子からも、そんなふうに言われたことがあった。才能などあるはずもないが、女性に喜んでもらえるのはうれしかった。できればママも、こんなふうに感じさせてみたい。

友梨香はベッドサイドから何かを取り、俺に手渡してきた。スキンだった。先ほどベッドのメイクを崩したとき、すでに用意していたらしい。

「一応、避妊してくれる？　大丈夫だとは思うんだけど」

「もちろん。大事だよね、そういうこと」

受け取ったスキンの袋を開け、俺はそそり立ったままのペニスに装着した。

「ああ、わくわくするわ。祐ちゃんのそれが、私の中に入ってくるのね」

俺は膝立ちになって、友梨香の脚の間に移動した。ところが、ここで友梨香から注文がついた。

「ねえ、バックにしない？　私、そのほうがいいの」

「いいよ。俺も好きだし」

俺はにんまりした。後背位で交われば、友梨香の顔が見えなくなるのだ。姉妹だけに似てはいるが、友梨香はやはり友梨香であり、ママではないのだ。この体位なら、ママとやっている気分になれるかもしれない。

四つん這いの格好になった友梨香のウエストあたりに両手を置き、俺は背後から接触していった。開かれたふとももの間から、友梨香の右手が後方へ伸びてきた。やんわりと俺のペニスを握り、先端を淫裂へと誘導していく。

慣れた夫婦のセックスなら、こんな感じなのかな、などと思いながら、俺は友梨香の動きに従った。やがてペニスの先が、秘唇の入口にぶつかる。

「ここよ、祐ちゃん」

「伯母さん」

俺は腰を突き出した。亀頭が淫裂を割り、肉棒はずぶずぶと友梨香の体内にもぐり込んだ。スキンを間に挟んでいるとはいえ、接触感は申し分なかった。

「伯母さん、気持ちいいよ。すごくいい」

「私もよ、祐ちゃん。私もとってもいいわ」

このときベッドについていた右手を、友梨香が宙に浮かすのが見えた。その右手を股間にあてがっていく。俺と交わりながら、自ら肉芽をいじろうとしているのだということは容易に想像がついた。

俺は友梨香のウエストにあてがっていた左手を支えにして、右手を前にまわした。秘部に向かおうとしていた友梨香の右手首をつかむ。

「大丈夫だよ、伯母さん。そっちも俺がちゃんとやるから」

「えっ？　でも……」

「言っただろう？　俺はレストランで、もう伯母さんから最高のサービスを受けたんだ。今度は伯母さんにもちゃんと感じてもらわなくちゃ」

俺の言葉に納得したのだろうか、友梨香は右手を元どおりベッド上に戻した。

俺は右手で肉棒が挿入されている様子を確認してから、指先で秘唇の合わせ目を探った。先ほど舌で舐めまわしたクリトリスには、いちだんと硬度が加わっていた。俺の指が触れただけで、友梨香は上体を震わせ、悩ましいあえぎ声を放つ。

「信じられないわ。セックスしながら、こんなことまでしてもらえるなんて」

「セックスって、二人で楽しむものだろう？　伯母さんにも、もっともっと感じてもらわなくちゃ」

「ああ、祐ちゃん」

友梨香は夫とのセックスで、こんなふうにされたことはなかったのかもしれない。セックスのやり方は人それぞれだ。そういうこともあるのだろう。

指先に神経を集めながら、俺はピストン運動を開始した。肉芽に触れている中指の先を、俺は回転させ始めた。クリトリスをなぶりまわすことになる。腰が一往復する間に、指先も一回転。リズムもしっかり決まった。

「すてきよ、祐ちゃん。私、もう感じすぎ。こんなの初めてかも」

「まだだよ、伯母さん。もっと感じて」

俺は指先に力をこめるのと同時に、友梨香のうなじに目をやった。似ていた。いつもショートカットにして、首筋を露出させているママのうなじにそっくりだった。

ああ、欲しい。俺はやっぱりママが欲しい……。

ごく自然に、俺は動きを速めていた。大きな振幅で腰を振りながら、ママにしているつもりで、心をこめて肉芽を指でこねまわす。

「あっ、駄目よ、祐ちゃん。私、またいっちゃう」

いいよ、ママ。いって。もっと気持ちよくなって……。

ママが眉間《まゆね》を寄せ、悩ましい表情になったところを、俺ははっきりと思い浮かべることができた。こうなるともう限界だった。

出るよ、ママ。俺、もう出ちゃう……。

俺より先に、友梨香のほうがのぼりつめた。喜悦の声を放ちながらがくがくと全身を揺らし、頂点へと駆けあがっていく。

ほとんど遅れることなく、俺は射精した。ママへの思いがこもった欲望のエキスが、スキンに向かってほとばしる。

友梨香の体がベッドに崩れ落ち、俺もそれに重なるよう体を預けた。肉棒はまだ抜けていない。二人の荒い呼吸音だけが、室内に大きく響いている。

「ほんとにすてきだったわ、祐ちゃん」

先に言葉を発したのは友梨香だった。

「俺もすごく感じたよ、伯母さん」

「文佳を抱いてる気分になれた？」

「えっ？　それは……」

「ふふっ、いいのよ。昔からね、私たち姉妹、顔も似てるけど、後ろ姿はもっと似てるって言われてきたの。だから、バックにすれば、祐ちゃんがそんな気分になれるんじゃないかと思って」

そこまで考えていてくれたのか、と俺は伯母に感謝したい気分になった。

「ありがとう、伯母さん。確かに似てるよね、ママと」

「でしょう？　よかったわ、バックにして」

ここで俺のペニスが、友梨香の肉洞からするっと抜け落ちた。

俺が友梨香の体からおりてあお向けになると、友梨香は上体を起こし、精液の溜まったスキンをはずしてくれた。それをティッシュにくるんで捨て、友梨香はあらためて俺の股間に顔を伏せてきた。肉棒を口に含む。

「駄目だよ、伯母さん。そんなことされたら、俺、また変な気になっちゃう」

いったんペニスを解放した友梨香が、くすっと笑いながら言う。

「いいのよ、変な気になっても。私たち、今夜だけなんだもの。もうちょっと楽しみましょう」

「ああ、伯母さん」

ペニスを頰張り直した友梨香を見ながら、俺はあらためてママの美しい顔、そしてそのセクシーな肉体を思い浮かべていた。

第八章　義理の息子　祐平十七歳

1

「文佳ちゃん、ちょっとぼくの部屋まで来てくれるかな?」

デスクで資料整理をしていると、法律事務所の所長である田辺《たなべ》から声をかけられた。都内四谷《よつや》にあるこの事務所に、私は法学部二年のときから出入りしていた。パラリーガルとしてアルバイトをしながら、当初は司法試験の受験を目指していたのだが、所属弁護士の狭間隆平に見初められ、二十一で結婚した。狭間には当時一歳の息子、祐平がおり、二十一歳にして、私は義理の母親にもなったのだ。

いきなり子育てをするようになり、この事務所には来なくなってしまったのだが、四年前、夫の隆平が急性心不全で亡くなると、よかったらまたうちで働いてみないか、と田辺が誘ってくれたのだ。必死で勉強しながら、なんとかパラリーガルの仕事を続けさせてもらっている。

現在は六人の弁護士をかかえており、事務所はまあまあ広い。所長室に入っていくと、田辺はすでにデスクを離れ、来客用のソファーに腰かけていた。私にも正面に座るように言う。

「忙しいときに悪かったね」

「いいえ、とんでもないです」

私が学生時代にバイトを始めたのは、田辺がこの事務所を立ちあげたばかりのころだった。当時五十歳だったから、いまは六十七になるはずだが、田辺は相変わらず若々しい。趣味のテニスもしっかり続けているらしい。

「いや、きみにはよく働いてもらって、助かってる。いつもありがとう」

「そんな、もったいないお言葉です。主人がずっとお世話になったうえに、私の面倒まで見ていただいて」

「うん、まあ、実はそのことなんだがね……」

そのこと？　意味がわからなかった。首をかしげる私に、田辺が言う。

「きみの頑張りは私も認める。祐平くんも立派に育ててるみたいだし、ほんとにすごいと思ってるんだ。ただ、どうだろうね。そろそろ身を固めることを考えてみては」

「は？　つまり、再婚しろということでしょうか」

「いやいや、しろだなんて、きみに命令するつもりはないよ。実は吉永《よしなが》くんから相談されてね」

吉永雅文《まさふみ》は亡夫の後輩の弁護士で、今年四十四歳になったはずだ。彼は昨年、癌《がん》で妻を亡くしている。それほど親しくしているわけではないが、仕事は何度も手伝ったことがあるし、やり手であることは間違いない。

「中学一年の娘がいるのに、彼も一人で頑張ってるんでね。親戚《しんせき》連中からは、しょっちゅう縁談が持ち込まれてるらしいんだ。そろそろ手を打ったらどうかと私が言ったところ、彼がきみの名前を出してきてね」

「吉永さんが、私の名前を？」

田辺はうなずいた。ぐっと身を乗り出してくる。

「彼も亡くなった奥さんを愛していたからね。狭間くんを愛していたきみとおんなじで、ずっと一人で頑張るつもりだったらしいよ。だが、うちの仕事量を考えたら、なかなかそういうわけにもいかないことは、きみにもわかるよね」

「はい、確かに」

田辺を含めた六人の弁護士は、常にフル稼働している。いつ休んでいるのだろうと心配になるくらい忙しいのだ。ここで仕事をしながら中学生の娘の面倒を見るのは、相当きついに違いない。

「だから再婚を考えたほうがいいんじゃないかと言ったら、彼がきみの名前を出してきたんだ。文佳さんみたいな人なら、考えてもいいですけど、ってね」

正直なところ、私はうれしかった。結婚相手として、すぐ吉永を考えられるわけではないが、亡くなった夫と同様、吉永は尊敬できる男性なのだ。

「大事な話だし、当然、彼が自分で言うべきなんだろうが、ああいう照れ屋の男だからね、まずは私からきみに話してみたってわけだ。もちろん、いずれ本人からきっちり言わせるが、どうだろう、考えてみてもらえないだろうか」

「ありがたいお話だと思いますし、考えさせていただこうと思います」

私の口から、すんなりそんな言葉が出た。自分でも少しびっくりした。

「おお、そうか。それはよかった。もちろん、無理にとは言わないからね。祐平くんにも相談したほうがいいだろうし、ゆっくり考えてくれ」

「ありがとうございます。そうさせていただきます」

それで話は終わりで自分の席に戻ってきたのだが、気分は悪くなかった。そういえばこの四年、祐平のことだけを考えて生きてきた。それで自分は幸せだと思い込んでいた。ただ、祐平が十分に幸せだったのかどうかはわからない。

帰りがけに、私は姉の友梨香に電話してみた。再婚を勧められた話をすると、すぐに会おうと言う。その日はちょうど祐平が部活の仲間と帰りにラーメンを食べてくると言っていたので、私も姉と食事をしていくことにした。姉の最寄り駅の近くにあるファミレスで待ち合わせをする。

電車に乗っている間、吉永のことを考えてみた。一年前までは妻がいたわけだが、前から吉永は私にやさしかった。だれに対しても同じなのかもしれないが、仕事を手伝って褒められた際など、すごくうれしかった覚えがある。あるいは前から私に好意を持っていてくれたのかもしれない。

姉は普段着姿で現れた。彼女が結婚するまで、ずっと一緒に暮らしていたわけだが、私は姉がうらやましくて仕方がなかった。化粧などしていなくても十分にきれいだし、そのうえ女の私から見てもすごくセクシーなのだ。かなわないな、と思ったことが何度もある。

「どうしたの、ぼんやり私の顔なんか見ちゃって」

「いつもの癖よ。姉さん、相変わらずきれいだなって思っただけ」

「何言ってるんだか。よく話してるでしょう？　私は文佳のほうが、むしろきれいだと思ってるわ」

「そんな……」

姉に気をつかわれても仕方がないが、うれしくないこともなかった。夫が亡くなってから、私自身、女をやめてしまった部分があるようにも思えていたからだ。吉永と再婚するとなったら、少し気持ちを改めなければいけない。

食事を注文し、まず生ビールで乾杯した。亡き夫とはときどき飲んでいたが、そういえばこのごろはほとんどお酒の席に出ることもない。帰って祐平の食事を作るのが楽しみだったので、飲み会などには誘われても行かなかったのだ。

「で、どんな相手なの？」

ジョッキをテーブルに戻し、姉が尋ねてきた。

「吉永さんって人で、事務所の弁護士さんの一人なの。隆平さんの後輩ってことになるわね。今年四十四だったかしら」

「ふうん。で、文佳はどうなの？　気に入ってるの？　その人のこと」

「うーん、まだわからないわ。でも、尊敬できる人であることは間違いないの。中一になる女の子がいるんだけど、祐ちゃんに妹ができるのも、悪くないかな、なんて思ったりして」

それは事実だった。この四年、ずっと二人きりですごしてきて、私がいない間、祐平は独りぼっちだったのだ。兄弟でもいればな、と思ったことが何度もある。

　ここで食事が届き、私たちは食べ始めた。姉はビールのお代わりを注文したが、私はやめておいた。お酒はビール一杯くらいがちょうどいい。

　私は姉に、これまでに吉永と一緒にしてきた仕事の話などをした。資料の整理がうまいと褒められ、すごくうれしかったことなども口にした。姉はじっと黙って耳を傾けてくれている。

「祐ちゃんにももちろん相談するけど、一応、前向きに考えてみようと思ってるのよね、私」

　私の言葉に、姉は小さくうなずいた。

「私は賛成よ。文佳、ほんとに一人でよく頑張ってきたもの。そろそろ普通の奥さんに戻ってもいいころよ」

「姉さん、ほんとにそう思う?」

「ええ、もちろん。男は尊敬できることが一番大事だと思うし、そういう意味では文句なさそうだもんね、その人」

　私はうなずいた。こういうところは、姉と私はよく似ている。亡き夫を含め、これまで付き合った男性は、みんな尊敬できる人たちだった。特に亡夫にはその思いが強く、一緒になってくれないかと言われたとき、即、イエスの返事をしたのを覚えている。

「祐ちゃんも、たぶん賛成してくれるわ。あの子はあなたの幸せを一番に考えているはずだから」

そうかもしれないな、と私も思った。祐平はこれまで、いつも私を大切にしてきてくれたのだ。

食事が終わり、二杯目の生ビールを飲み干した姉は、ブレンドコーヒーを二つ、注文してくれた。二人で食事をすると、最後はいつもコーヒーと決まっている。

テーブルに届いたコーヒーをひと口飲んだところで、姉がじっと私を見つめてきた。

「基本的には賛成よ、あなたの再婚。ただし、一つだけ条件があるの」

「条件？」

問い返す私に、姉は真剣な表情で首肯した。

「祐ちゃんのことよ。あなた、祐ちゃんがあなたをどう思ってるか、考えてみたことがある？」

「な、何を言ってるの、姉さん。一歳のときから、私はずっとあの子のお義母さんをやってきたのよ。実際のお母様のことは亡くなった隆平さんもちゃんと話したし、写真なんかも見てるから覚えてるだろうけど、あの子はもう私のことを、ほんとうの母親だと思ってくれてるはずよ」

　私ははっきりと言いきった。実際、そういう自信があった。私だって、ほとんど祐平は自分が産んだ息子だと思っている。そのぐらい、本気で愛情を注いできたつもりなのだ。

　姉はまたうなずいた。

「まあ、確かにそういう部分もあるでしょうね。でもね、それだけじゃないのよ、文佳。あの子にとってね、あなたは一人の女なの」

「女？」

　一瞬、意味がわからなかった。祐平には実の母のように接してきたつもりだし、祐平だって、そんな私に懐いてくれたのだ。女としての自分のことなど、ここ数年は考えたこともない。

「よく聞いて、文佳。男の子は小学生の終わりから中学生になるくらいで性に目覚めるわ。だいたいの子が、身近にいる女性に、まず女を感じるの。何度も言っているように、あなたはすてきな女よ。だれが見たってきれいだし、それにとってもセクシー」

「そんな、姉さん……」

「冗談で言ってるんじゃないわ。一緒に暮らしてきた祐ちゃんがそんなあなたを見て、どう感じたと思う？　間違いなく一人の女として意識したはずよ。たぶん夢中になったと思うわ。オナニーのときだって、あなたのことしか想像できないんじゃないかしら」

私はショックを受けた。姉が平気でオナニーなどという言葉を使ったことも衝撃的だった。祐平が私を女として見ているなんて、すぐには信じられなかった。だが、同時に不思議な気分も味わっていた。正直に言うと、なんだかうれしかったのだ。実の息子のつもりで育ててきた祐平にそんなふうに見られることが、決していやではない。

「姉さん、私、どうしたら……」

「簡単よ。べつに彼の女になれって言ってるんじゃないわ。ただ、祐ちゃんの夢を叶えてあげればいいんだから」

「夢？」

「そう、夢よ。祐ちゃんはたぶん夢に見てるわ。あなたを抱くことをね」

私は体に異変を覚えた。子宮の奥が、なんだかうずいたような気がしたのだ。夫を亡くして以来、一度もなかった感覚だ。

「一度でいいのよ、文佳。たった一度、祐ちゃんに抱かれてあげなさい。それだけで、彼はたぶん十分に満足してくれるはずよ。あとはまた普通の義母と息子に戻ればいいんだから」

「姉さん、ほんとにそう思う？　祐ちゃんが、私を、ほ、欲しがってるって」

姉は大きくうなずいた。

「間違いないわ。祐ちゃんのほうは、もういつでも準備ができてるはずよ。あなたを抱く準備がね。あなたがその気になりさえすれば、それですべて解決なの。彼の夢を叶えてあげることが、私が再婚に賛成する条件よ。わかった？」

話はそれで終わりだった。大きなショックを受けた一方で、何やら不思議な興奮を覚えながら、私は家路についた。

2

姉と会って帰ってきた晩、私は祐平の様子を観察してみた。そういえば、私に対して熱い視線を送ってきているように思えないこともない。。

試しに入浴を終えたあと、下着姿でリビングに出てきて、二階にいる祐平に声をかけた。普段は部屋まで運んでいってやるのだが、今夜は下でコーヒーを飲もうと誘ってみたのだ。

自分としてはいま一番気に入っている、淡いブルーのキャミソールとパンティー。それだけの格好で、私はキッチンに立った。やかんを火にかけ、ドリップの準備を始める。

階段をおりてきた祐平は、私の格好を見て、さすがにびっくりしたようだった。目を丸くしている。

「ごめんね、祐ちゃん。お風呂に入ったら、なんだかちょっと暑くなった気がして、こんな格好で出てきちゃったの」

「べ、べつにかまわないよ。でも、風邪《かぜ》ひかないでね、ママ」

「ありがとう、祐ちゃん」

やはりこの子はやさしい。だが、目は確かに私の体に向けられていた。カウンターキッチンに立った私の胸に、熱い視線が突き刺さってくる。

コーヒーをいれ終え、私はリビングのテーブルに運んだ。すでに座っていた祐平の前に腰を沈める。

「さあ、どうぞ」

「ありがとう」

カップを手に取った祐平だが、視線は私の顔と体を往復していた。姉が言ったとおり、私の体に興味を持っていることは間違いなさそうだった。そう考えるのと同時に、私はまた体の異変を覚えた。股間に熱を感じたのだ。蜜液があふれてくる気配がある。

「ねえ、祐ちゃん。ちょっと大事なお話があるの」

「何？」

カップをテーブルに戻し、祐平が私を見つめてきた。

「事務所の所長、田辺さんがね、ママに再婚しないかって言うのよ」

「再婚？」

少し驚いたようだったが、祐平がそれほど取り乱した様子はなかった。ただ、目は真剣になっている。

「相手はどんな人なの？」

「あなたも知ってる人よ。事務所の弁護士の吉永さん」

「ああ、吉永さんか。ときどき線香をあげに来てくれるよね」

そうなのだ。命日とかはもちろんだが、普段でもときどき、吉永は夫の位牌《いはい》を訪ねてきてくれる。そんな際は、祐平とも一緒にお茶を飲んだりしていたのだ。

「ママはどうなの？　吉永さん、好きなの？」

「うーん、まだそこまで考えたことはないけど、少なくとも尊敬はしてるわ。それはお父さんと同じ」

「ふうん、そうなんだ」

祐平は小さくうなずき、コーヒーを喉に流し込んだ。その祐平が、少しだけ寂しそうな表情を浮かべたように、私には思えた。いつも明るい子だから、こういう顔をすることは珍しい。

だが、ふっと短く息を吐き、祐平が言う。

「ママ次第だね。俺は反対はしないよ」

「ほんとに？」

「ママだって三十七歳、まだまだ若いし、もっと幸せにならなきゃ嘘だよ。お父さんが急に死んでから、一人で俺を育ててくれて、すごい苦労をしてきたわけだもんね」

「べつに苦労なんかしてないわ。祐ちゃんと二人、ママはすごく幸せだったし」

「そう思ってもらえると、俺もうれしいよ。でも、俺に遠慮はいらないよ、ママ。ちゃんと考えて、吉永さんがいいって思ったら、再婚してよ。俺もちゃんと祝福するからさ」

やさしいこの子を、いますぐにでも抱きしめてやりたい。そんな気分だった。だが、もちろんできなかった。まだこの子の思いを、きちんと確かめたわけではないのだから。

「ママ、一つ言ってもいい？」

「なあに？」

「す、すごくきれいだよ、ママ。その下着、最高に似合ってるし」

「まあ、祐ちゃんったら、そんなこと……」

それだけ言うと祐平はコーヒーを飲み干し、そそくさと二階へあがってしまった。あの子からきれいだなんて言われたのは、もちろん初めてだった。うれしかった。踊りだしたいくらいにうれしかった。

ナイティーをまとってベッドに入ってからも、頭に浮かんでくるのは祐平のことばかりだった。これまでのことに思いをめぐらしたとき、私はハッとなった。

そういえば、朝、洗濯機の中に、精液に濡れた私のパンティーが放り込まれていたことがあったのだ。

男の子が性に目覚めることぐらいは私だって知っていたし、祐平も女性の下着に興味が湧いたのだろう、程度に考えていた覚えがある。だが、もしかしたら祐平はあのとき、私のことを考えながらペニスを握ったのかもしれない。祐平は私を抱きたがっている、という姉の言葉が、耳によみがえってくる。

私はほとんど無意識のうちに、ナイティーの前ボタンをはずし、右手を股間に伸ばしていた。お腹のほうからパンティーの中に手を入れ、指先を淫裂へと伸ばしていく。

秘部はもうぐしょ濡れだった。祐平と話しているうちに、すっかり興奮してしまったらしい。きれいだとか下着が似合うとか言われたことが、一番大きかった気がする。

夫が倒れて以来、私の体に触れた男性は一人もいないし、私自身、ここに指を這わせたこともない。つまり、こんな気持ちになったのは、実に四年ぶりなのだ。

私は中指の先で、秘唇の合わせ目を探った。硬化しかけているクリトリスに触れた瞬間、体がびくんと震えた。脳裏には、はっきりと祐平の顔が浮かんでいる。

『ママ、欲しいよ。ぼく、ママが欲しい』

そんな祐平の声が、どこからか聞こえてきたような気がして、私はもうたまらなくなった。肉芽をこねまわすように、指先を激しく動かす。

「ああ、祐ちゃん」

思わず声がもれた。それを止めることは、いまの私には不可能だった。いつの間にか頭の中には、祐平にしっかり抱きしめられている自分の姿が浮かんでいた。硬化した祐平のペニスは、すでに私の中に入ってきている。

「好きよ、祐ちゃん。ママはあなたが好き。ああっ、祐ちゃん」

猛然と指をうごめかし、私は間もなく頂点にのぼりつめた。がくがくと全身が揺れる中でも、脳裏から祐平の顔が消えることはなかった。

抱かれよう。ちゃんと祐ちゃんに抱かれよう……。

いつしか私は、そう決意していた。

3

吉永雅文から正式にプロポーズを受けたのは翌週だった。帰りにお茶に付き合ってくれと誘われ、その場で、ぜひ一緒になってほしい、と言われたのだ。祐平の賛同も得ていたので、私は即、こちらこそよろしくお願いいたします、と頭をさげた。吉永の喜びようといったらなかった。満面に笑みを浮かべ、何度も何度も、ありがとう、ありがとうと繰り返したのだ。

その週の土曜日、私は吉永と娘の智香《ともか》を家に招待した。手料理でもてなしながら、あらためて祐平と対面してもらったのだ。

食事が少し落ち着いたところで、少し改まった調子で吉永が切りだした。

「祐平くん、俺のこと、お父さんだと思ってもらえるかな。もちろん、ゆっくりでいいんだ。慣れるまでは知り合いのおじさんでかまわない。でも……」

「大丈夫だよ、吉永さん」

祐平はにっこり笑って、なんとため口で答えた。この子なりに考えて、こんなふうに言ったらしい。

「吉永さんのことは前からよく知ってるし、いい人だなって思ってた。ママと一緒になってくれるんなら、俺は大歓迎だよ」

「ほんとかい？」

「うん。なんなら、いまからお父さんって呼ばせてもらってもいいよ。俺のことも、ちゃんと呼び捨てにしてくれる？　祐平って」

吉永は感激したようだった。頬が紅潮し、目がかすかに潤んでいる。

「ありがとう、祐平くん。いや、祐平。智香、そういうことだ。これからおまえにお兄ちゃんができる」

隣に座って黙って食べていた智香に、吉永が話しかけた。

智香はにっこり笑った。ほんとうにかわいい笑顔だった。

「私も大歓迎だよ、お父さん。前からお兄ちゃん、欲しかったんだ。ねえねえ、祐平さん。私もすぐに、お兄ちゃんって呼んでもいい？」

「ああ、もちろんかまわないよ、智香ちゃん。俺はこのままでいいかな？　智香ちゃんで……」

「うーん、私も呼び捨てがいいな。そのほうが兄妹って感じがするし」

「わかった。じゃあそうするよ、智香」

智香は満面に笑みを浮かべた。どうやら兄妹仲の心配をする必要はなさそうだった。祐平だって、たぶん弟か妹が欲しかったのだ。四人家族になる準備は整ったと言ってもいい。

食事が済むと、祐平は智香を二階にある自分の部屋へ連れていってしまった。

祐平が持っているパソコンやらゲームやらを、智香が見たいとせがんだのだ。

吉永が、あらためてまっすぐに私を見つめてくる。

「いや、ありがとう、文佳さん。まるで夢みたいだ。狭間先輩にはずっと世話になってて、邦子《くにこ》が生きている間でも、きみのことはすてきだなって思ってた。まさかきみと一緒になれるなんて……」

「あなたも同じよ、雅文さん。さんはいらない。私のことは呼び捨てにして。文佳って」

これも用意していたせりふだった。吉永を雅文さんなんて呼ぶのは初めてなのだ。吉永の頬が、いちだんと赤く染まったように思えた。

「じゃあ、そうさせてもらうよ、文佳。これからも、よろしく」

「こちらこそ」

ひと月後に身内だけで式を挙げ、そのあとは四人でこの家に暮らすことはすでに決めてある。私は専業主婦に戻ることになるわけだ。智香という娘が増えることも、いまは楽しく思えてならない。

二階からおりてきた二人と一緒にコーヒーを飲み、この晩は解散だった。帰っていく二人を、私と祐平は玄関の外まで出て見送った。

さあ、ここからだ。大切な今夜の予定は、実はこれからなのだ。

家に入ると、私は祐平をソファーに座らせた。まだ四人分のコーヒーカップが残されたままだったが、かまうことはなかった。私も正面に腰を沈める。

「賛成してくれて、ありがとう、祐ちゃん」

「いや、吉永さんは確かにいい人だし、俺も安心だよ。これからは、本物のお父さんだと思って甘えてみるね」

「智香ちゃんとも、うまくいきそう？」

「ああ、もちろん。パソコンもすごく慣れてて、びっくりしたよ。とても中一とは思えない。ゲームとか、そっち方面の話も合いそうだし……」

話しながら、私は緊張を覚えた。いよいよだ。いよいよこれから祐平と大事な話をしなければならない。

「私がここへ来たとき、あなたはまだ一歳だった。あれから十六年、ママは幸せだったわ。お父さんが亡くなったときはつらかったけど、あなたがいてくれたから頑張れた。ほんとにありがとう」

「何言ってるんだよ、ママ。お礼を言うのは俺のほうさ」

「ううん、私よ。あなたと暮らせて、最高に幸せだったんだから。でもね、このあいだ気づいたの。祐ちゃん、言ってくれたじゃない？　私がきれいで、下着も似合ってるって」

「えっ？　あ、あれは、その……」

「いいのよ、全部わかってるんだから。祐ちゃん、ママが欲しいんでしょう？」

祐平はぎくりと身を震わせた。私が何をしようとしているのか、まだ判断できてはいないはずだ。それでも、必死になった表情で答える。

「ほ、欲しいよ、ママ。俺、ママが欲しい。ずっと、ずっと好きだったんだ。いろいろ経験はしたけど、やっぱりママのことが忘れられなくて……」

「ありがとう。ママも祐ちゃんが大好きよ。だから決めたの。一回だけ、祐ちゃんに抱かれよう、って」

「ママ、ほ、ほんとに？」

私はうなずきながら立ちあがった。

「ただし、約束して。今夜ひと晩だけよ」

「うん、わ、わかった」

「きょうはそのつもりで、あなたが褒めてくれたときと同じ下着をつけておいたの。ママが一番気に入ってる下着を」

じっと見つめている祐平の前で、私はTシャツとスカートを脱ぎ捨てた。淡いブルーのキャミソールと、同色のパンティーがあらわになった。ブラジャーはしていない。キャミから乳房が透けて見えている。

「ママ、す、すごい……」

「ひと晩だけ、ママはあなたのものよ、祐ちゃん。私たち、今夜だけは本物の恋人同士になるの」

「ああ、ママ」

立ちあがってきた祐平を、私は抱き止めた。私が求めるまでもなく、祐平が唇を重ねてきた。私の口の中に、すぐに祐平の舌がもぐり込んでくる。私たちは濃厚に舌をからめ合った。

慣れているな、と思った。先ほど本人も言ったとおり、それなりに経験は積んできたのだろう。少し寂しい気はしたが、私が相手をしてあげられなかったのだから、それは仕方がない。

祐平のほうが、もう私より十五ヤンチほど背が高い。私の腹部に、祐平の硬いものが当たってきた。すでにたっぷり感じてくれているらしい。

長いくちづけを終えると、祐平が赤みを帯びた顔で言った。

「ママ、頼みがあるんだ。脚に、さわらせてくれないかな」

「脚？」

「うん。ママの体ならどこでも大好きだけど、俺、ずっとママの脚にあこがれてたんだ。特にふとももに」

「ふともも？」

祐平の言葉は熱かった。それに刺激されて、私の体もいっぺんに熱を帯びた。

「もちろんいいわよ。好きにさわって、祐ちゃん」

にっこり笑った祐平は、勢い込んだ様子でその場にしゃがみ込んだ。

「ああ、夢みたいだ。ママの脚にさわれるなんて……」

祐平はパンティーの少し下のふとももの部分に顔を押し当てながら、両手で私の脚に抱きついてきた。手のひらをいっぱいに広げて、ふとももの裏側の最も太い部分を、いとおしげに撫でつけてくる。

「気持ちいいよ、ママ。最高に気持ちいい」

「よかった。もっと早く、させてあげればよかったわね」

私が言うと、祐平はぶるぶると首を横に振った。

「ううん、いまでいいんだ。いまが一番なんだよ、ママ。こんなことができるの、一生に一度で十分なんだから。ああ、ママ」

この子はほんとうに私のことを愛してくれていたのだな、と実感した。と同時に、私は激しい欲望を覚えた。この子と一つになりたい、と切望したのだ。

飽きもせずに、祐平は十分近くも私のふとももを撫でていた。ようやく顔をあげ、満面に笑みを浮かべた。ゆっくりと立ちあがる。

「ありがとう、ママ。俺、これだけで、もう死んでもいいと思ったよ」

「ああん、何を言ってるの？　駄目よ、そんなこと。さあ、今度はあなたの番」

入れ代わりに、私が床にひざまずいた。普段、家ではスエットの上下を着ている祐平だが、今夜は来客があるということでイージーパンツをはいていた。そのイージーパンツとトランクスを、私は一緒にして引きおろす。

あらわになった肉棒は、完璧なまでに硬くそそり立っていた。

「すごいのね、祐ちゃん。こんなに大きくして」

「いつもより硬くなってる気がするよ。なんてったって、ママのそんな格好を見せてもらってるんだから」

私は右手で祐平のペニスを握った。硬かった。そして、熱かった。先端を自分のほうへ向け、それをすっぽりと口に含んだ。ああ、とうとうくわえた。そんな気分だった。ゆっくりと首を振り始める。

「だ、駄目だよ、ママ。気持ちよすぎる」

祐平の敏感な反応がうれしかった。私の愛撫で、祐平は間違いなく感じてくれているのだ。さらに首の動きを速めようとする。

だが、祐平が手をおろしてきて、私の動きを止めた。

「ごめん、ママ。すごく気持ちいいんだけど、俺、いますぐママが欲しい。ママの中に入りたいんだ」

私は肉棒を解放した。口のまわりにもれてきた唾液を、右手の甲で拭う。

「ママも同じよ、祐ちゃん。早くあなたと一つになりたい。行きましょう」

私は立ちあがり、一階の一番奥にある寝室へ向かった。足首にからみついていたイージーパンツとトランクスを取り去り、祐平も私のあとを追いかけてくる。

亡き夫と二人で使っていた寝室には、ダブルベッドが設置されている。この四年間、私は一人でここに寝ていたのだ。予定の行動なので、すでにベッドの上には何も置かれていない。洗いたての白いシーツが広がっている。

私ははいていたパンティーを、するすると引きおろした。股布が股間を離れる際、蜜液が糸を引くのが見えた。祐平のペニスをくわえたことで、私ももうすっかり興奮してしまっているのだ。

そんな私の姿をうっとり見ていた祐平は、上に着ていたTシャツを脱ぎ捨てた。これですっかり裸だ。その祐平が、突然、近づいてきたかと思うと、いきなり私の体を両腕で抱きあげた。いわゆるお姫様抱っこというやつだ。

少しびっくりしたが、やはりうれしかった。私の体をベッドにおろし、祐平は右隣に添い寝するように横たわる。

「ママ、あの、避妊とかは……」

「大丈夫。心配いらないから」

この日を選んだ理由の一つはそれだった。できればスキンなどなしに、直接、祐平のペニスを自分の中に受け入れてみたいと思ったのだ。

「いいんだね、ママ。俺、ほんとにママと……」

「もちろんよ、祐ちゃん。来て」

私が脚を広げると、祐平はその間で膝立ちの姿勢を取った。私の顔を陶然となった顔で眺めながら、ゆっくりと体を重ねてくる。

私は右手を下腹部におろした。あらためて握り直した祐平のペニスは、いちだんと硬くなっているように思えた。亀頭の先を、秘部にあてがう。

「ママ、好きだよ。俺、ママが一番好きだ」

「ママだって同じよ、祐ちゃん。あなたが一番好き」

「ああ、ママ」

祐平が突き出したペニスは、見事に淫裂を割った。そのままずぶずぶと、私の体の一番奥までもぐり込んでくる。

ああ、一つになれた。祐ちゃんと、とうとう一つになれたんだわ……。

祐平の肉棒の存在感は、とてつもないものだった。二人の体と体が、このペニスによってしっかりつながっているのだ。体も胸も、カッと熱くなる。

「すごいよ、ママ。こんなに気持ちいいなんて、信じられない」

「ママもよ。ママもとってもいいわ、祐ちゃん」

性的な快感も、確かにあった。だが、そんなものはもうどうでもいいと思えるほど、私は感動していた。私の肉洞にペニスを突き入れ、祐平が感じてくれているのだ。こんなにうれしいことはない。

祐平は右手を、私の左の乳房にあてがってきた。キャミソールの生地ごと、やんわりと揉み込んでくる。

「ママ、動いてもいいかな。俺、このままじっとしてても出ちゃいそうなんだけど、ほんとにママとセックスをしたって気持ちになりたいから」

「もちろんよ、祐ちゃん。好きに動いて。今夜だけ、ママはあなたの恋人なんだから」

「ママ。ああ、ママ」

祐平が腰を使いだした。その動作に、淀《よど》みや迷いはまったくなかった。かなり経験しているのだろうな、という思いが湧いてきて、また少し寂しくなった。それでも、いまはやはり幸福感のほうが大きかった。大好きな祐平が、私を抱いてくれているのだから。

ピストン運動が、さらにスピードを増した。その間も、祐平はじっと私の顔を見ていてくれた。私も祐平を見つめ返す。

「出ちゃうよ、ママ。俺、出ちゃう」

「いいのよ、祐ちゃん。出して。ママの中に、出してちょうだい」

間もなく私の中で、祐平のペニスが大きくはじけた。びくん、びくんと肉棒が震えるごとに、熱く煮えたぎった精液がほとばしってくるのを実感した。

何度も何度も震え、ようやくペニスがおとなしくなると、祐平は私に体を預けてきた。まだお互いに少し息が荒かったが、私たちは唇を合わせずにはいられなかった。愛する祐平とのキス。私はあらためて感動した。

性的にも、私は信じられないほど満たされていた。こんなセックスがあるのだろうかと思えるほど、私は激しく感じたのだ。精神的なものが大きいのかもしれないが、今夜のことを私は一生、忘れることはないだろう。

「ありがとう、ママ。俺、夢が叶ったよ」

唇を離すと、祐平が頬を紅潮させながら言った。

「ほんとに夢に見ていてくれたのね、ママとのセックスを」

「うん。ずっと夢だった。絶対にできないだろうなって思ってはいたんだけど、あきらめられなかったんだ」

「ああ、祐ちゃん」

私たちは、ごく自然に唇を重ねた。

この子にも、いずれ彼女ができる。そして、その子とセックスをする。それでいい。私はただ、そばで見ていてあげられれば……。

これまでに味わったことがないような幸福感の中で、私は祐平の背中をぎゅっと抱きしめた。

エピローグ

剛に続いて、俺も夢が叶った。ずっとあこがれてきて、欲しい、欲しいと思っていたママを、とうとう抱くことができたのだ。

いまはもちろん最高に幸せだ。とはいえ、ママを感じさせるという目的は果たせなかった。俺が夢中になってしまったせいなのだが、ある意味でほんとうの初体験ができたみたいで、あれはあれでよかったのではないかと思っている。

ひと晩限りという約束だったし、もう二度とママを求めるつもりはない。あの夜、一生分の幸せを、ママは俺にプレゼントしてくれたのだ。

同じく姉の令佳を抱いて夢を叶えた剛は、クラスメートの矢島冬美と付き合いだした。一年のときから剛のことが大好きだった冬美にとっては、最高の展開だろう。土日はほとんどいつも一緒にどこかへ行っているというし、すでに剛の部屋で抱き合ったという話も聞いた。二人は完全に恋人同士になったのだ。

ママは再婚することが決まった。相手は父の後輩だった弁護士で、ときどきうちに線香をあげに来てくれていたので、俺もよく知っている人だった。彼は一年前に妻を癌で亡くしていて、その葬儀には、俺もママと一緒に列席している。

仕事もでき、やさしい人だとわかっていたので、俺は即、賛成した。彼には中学一年生、十三歳になる智香という娘がいる。この子とも会ったが、かわいくて人懐っこくて、すぐに気に入った。すでに俺のことをお兄ちゃんと呼んでくれている。ひと月後には、うちは四人家族になるのだ。

そんなわけで、トータル的に見れば俺は幸せなのだろうが、寂しくないかと言われれば、やはり寂しかった。大好きなママとはもう何もできないし、担任の和美に誘いをかけることにも、このごろは抵抗を感じるようになった。俺だって、できれば普通の恋がしたいのだ。

そんなとき、学校帰りにまた駅で令佳に会った。俺の帰宅時間に合わせて、待っていてくれたらしい。

二人で駅前の喫茶店に入った。座ってコーヒーを注文したあと、じっと見つめ合った。相変わらず、令佳はきれいだった。初めて出会った中一のころ、こんな人を彼女にしたいなと思った。その気持ちは、いまも変わっていない。

「夢が叶ったそうね」

「まあ、なんとか」

俺がママにあこがれていたことは、令佳もとっくに知っている。ママとのことは剛に話したから、令佳はきっと彼から聞いたのだろう。

「剛、このごろしょっちゅううちに連れてくるのよ、冬美ちゃん」

「ああ、そうだってね」

「かわいい子で、びっくりしちゃった。あの子なら、妹にしてもいいかな、なんて思ってるところよ」

「もうそこまで考えてるの?」

令佳はくすっと笑ってうなずいた。かわいい笑顔だった。美人だが、令佳の顔にはまだかわいさも残っている。

「弟の彼女なら、そのぐらいのつもりで付き合わないとね。で、祐平くんはどうなの? 彼女、できた?」

今度は俺が笑う番だった。そう簡単にはいかない。

「できるわけないだろう? いままでずっとママに夢中で、ほかの女には目も向けてこなかったんだから」

「そうよね。じゃあ、私はどう?」

唐突な令佳の言葉に、俺はどきっとした。

「ど、どうって？」

「祐平くんの彼女として、私じゃ駄目かって聞いてるのよ」

胸の鼓動が、いっぺんに速さを増した。駄目なわけがない。出会ってから四年、ママを別格として、俺はずっと令佳が好きだったのだ。

「令佳さん、いいの？　俺なんかで……」

「それはこっちのせりふよ。私だって自信がないわけじゃないけど、あなたのお義母さんには絶対にかなわないもんね」

「そ、そんなことない。令佳さん、きれいだよ。うちのママにも、ぜんぜん負けてない」

「ほんと？　祐平くん、ほんとにそう思ってくれるの？」

令佳の目をまっすぐに見ながら、俺は首肯した。そういえば、俺のそばには令佳がいたのだ。ほかの女性のことなど、いまは考えることもできない。

「じゃあ、付き合ってみようよ。ねっ？」

俺は大きくうなずいた。気持ちがぱっと明るくなった。令佳がますます美しく見えてくる。

「一つ提案があるの」

「何？」

「お互いの呼び方よ。呼び捨てにしない？　私、前からあなたのこと、祐平って呼びたいなって思ってたの」

「俺はかまわないけど、令佳さんはいいの？　二つ年上なのに」

「恋人同士に年上も年下もないわ。いいでしょう？　祐平」

「うん。わかったよ、令佳」

「ああ、祐平」

テーブルの上で手を伸ばしてきて、令佳は俺の手を握った。もちろん俺もぎゅっと握り返した。

これでいい。ママもきっと祝福してくれる……。

少しだけママのことを思い出したが、俺の目にはもう令佳しか映っていなかった。当然のように、股間も熱く反応していた。

三交社文庫
SEJ-052

義母の白いふともも

2022年2月15日　第一刷発行

著　　者　牧村 僚
発 行 者　岩橋耕助
編　　集　株式会社メディアソフト
〒110-0016
東京都台東区台東4-27-5
TEL. 03-5688-3510（代表）　FAX. 03-5688-3512
http://www.media-soft.biz/
発　　行　株式会社三交社
〒110-0016
東京都台東区台東4-20-9　大仙柴田ビル2F
TEL. 03-5826-4424　FAX. 03-5826-4425
http://www.sanko-sha.com/
印　　刷　中央精版印刷株式会社
装丁・DTP　萩原七唱

ISBN978-4-8155-7552-6